Irmã morte

Justo Navarro
Irmã morte

Tradução de
Luís Carlos Cabral

EDITORA RECORD
RIO DE JANEIRO • SÃO PAULO

2011

CIP-Brasil. Catalogação-na-fonte
Sindicato Nacional dos Editores de Livros, RJ

N241i Navarro, Justo, 1953
       Irmã morte / Justo Navarro; tradução Luís Carlos Moreira
       Cabral. — Rio de Janeiro: Record, 2011.

       Tradução de: Hermana muerte
       ISBN 978-85-01-08200-8

       1. Romance espanhol. I. Cabral, Luís Carlos Moreira. II. Título.

10-4913.   CDD – 863
                        CDU – 821.134.2-3

Título original em espanhol:
HERMANA MUERTE

Esta obra foi publicada com o subsídio da Direção Geral do Livro, Arquivos e Bibliotecas do Ministério da Cultura da Espanha.

© 1990, Justo Navarro

Editoração eletrônica: FA Editoração

Texto revisado segundo o novo Acordo Ortográfico da Língua Portuguesa.

Todos os direitos reservados. Proibida a reprodução, no todo ou em parte, através de quaisquer meios.

Direitos exclusivos de publicação em língua portuguesa para o Brasil adquiridos pela
EDITORA RECORD LTDA.
Rua Argentina, 171 — Rio de Janeiro, RJ — 20921-380 — Tel.: 2585-2000, que se reserva a propriedade literária desta tradução.

Impresso no Brasil

ISBN 978-85-01-08200-8

Seja um leitor preferencial Record.
Cadastre-se e receba informações sobre nossos lançamentos e nossas promoções.

Atendimento e venda direta ao leitor:
mdireto@record.com.br ou (21) 2585-2002

1

Meu pai não dormia. Esperava a morte com calma, como se aguardasse uma ligação telefônica em que lhe confiariam uma palavra chave, a senha para cruzar uma fronteira. Esperava deitado no sofá — não na cama: nem à noite procurava a cama —, olhando através das cortinas o que acontecia no lado de fora. Poucas vezes exigia que lhe déssemos atenção: parecia um agradável animal doméstico que permite que seus donos o esqueçam. Às vezes tossia de uma maneira especial, e minha irmã se aproximava, e ele lhe falava de cartas que não haviam sido respondidas e que nunca seriam respondidas. Embora estivesse prestes a morrer — já haviam retirado todos os remédios, salvo os injetáveis que aplacavam dores horríveis —, meu pai se comportava com pura lucidez, participante de uma tranquila sobremesa sem fim, ouvindo, com uma manta escocesa sobre as pernas, música clássica no rádio.

Mas a serenidade do homem envolto na manta escocesa quadriculada, cuidadosamente vestido de excursionista, com camisa de flanela e largas calças de gabardina ásperas e amarrotadas, provocava em mim uma repulsa tão leviana que não me atreveria, agora que os anos passaram, a chamá-la de asco: era, talvez, a apreensão que se sente diante de um gato enfermo, abandonado em um canto, perdendo pelo em uma cesta entre almofadas. Minha irmã quebrava a ampola transparente, abastecia a seringa descartável, atava a cinta de borracha ao redor do braço de nosso pai, espetava a veia: o sangue manchava a droga translúcida e eu desviava o olhar. Agora me recordo de um fiozinho de saliva colando os lábios do homem drogado enquanto minha irmã esfregava com um algodão empapado em álcool o espaço do braço em que se desenhava a encruzilhada das veias. Então meu pai estendia uma mão e acariciava os lábios de minha irmã.

Meu pai não recebia visita de nenhum amigo: sua única distração consistia em observar através da persiana entreaberta a demolição das casas que cercavam a nossa: o trabalho das britadeiras e dos guindastes lhe produzia um raro consolo. Talvez se sentisse inserido naquele cuidadoso afã de aniquilamento, do qual, se nossa casa se salvara graças à sua obstinação frente a tratantes e construtores, seu organismo se convertia em emblema vivente: o câncer o destruía irremediavelmente, e eu, quando me aproximava dele a cada manhã e o via bem barbeado — tinha um barbeador elétrico que também usava como peso de papéis —, temia encarar uma arborescência que lhe saísse por uma orelha ou um olho ou pelo nariz ou pela boca. "O câncer cresce como uma planta", eu ouvira um dia no supermercado.

Mas menti: durante meses, colegas e ex-vizinhos visitaram meu pai enfermo, tanto em casa como no hospital. As visitas cessaram quando meu pai, absolutamente desenganado, voltou da casa de saúde: todos fugiram como se temessem o contágio da morte. Todos fugiam diante da morte que rondava nossa casa. Meus amigos do colégio — os do bairro haviam desaparecido com a chegada das imobiliárias — deixaram de vir tomar banho na piscina, e a piscina começou a ficar coberta de folhas, papéis e sacos plásticos, e, no início, apresentavam pretextos absurdos. Então, por fim, diziam que não, e questionavam como eu me atrevia a banhar-me, a mergulhar e a berrar pulando do trampolim enquanto meu pai resistia enfermo e moribundo. Minha irmã se aproximava de meu pai e punha uma das mãos em sua testa, o cabelo dele retrocedia como se se deitasse sobre o couro, e então movia a cabeça ao ritmo da música, e meu pai fingia dormir ou, pelo menos, fechava os olhos.

No entanto, um indivíduo continuou visitando meu pai com a fidelidade da má sorte. Chegava em nossa casa envolto em casaco e cachecol, às vezes coberto com uma lona impermeável, um sombreiro e um guarda-chuva que sempre conservou um aspecto de recém-comprado. Não gostava dele: apertava com rigor a mão da minha irmã, me dava uma piscadela cujo significado nunca entendi, se sentava sorrindo diante do meu pai. "Está tudo bem, tudo bem", foram as únicas palavras que, ao longo de tardes e tardes, saíram de sua boca balbuciante. Usava, tenho certeza, dentadura postiça. Tinha sobre o nariz a marca da armação de óculos metálicos desaparecidos: olhava com uma expressão estranha e os olhos confusos de quem, habituado a usar lentes de grau, perde num descuido os óculos e é obrigado a moldar o olhar à nova distorção das coisas. Embora fosse um ser brando, mesquinho e atemorizado, eu o considerava um herói: sentava-se a poucos centímetros de meu pai e até tocava nele. Mas de repente também deixou de nos visitar.

Então disse a minha irmã: "Papai está prestes a morrer; até aquele homem sinistro o abandonou." Minha irmã respondeu: "Aquele homem morreu há uma semana." Não se tratava, portanto, de nenhum herói: era apenas um moribundo que se encontrava de vez em quando com outro moribundo sem medo de contaminações, um pássaro que frequentava os ninhos dos pássaros de sua espécie. Eu o imagino percorrendo os domicílios dos agonizantes, como mensageiro de uma sociedade secreta cujos membros não se conhecem entre si, se ignoram, e se mantêm em contato apenas por meio de um fantasma que visita todos eles. Se tal sociedade existia, não achou necessário substituir seu emissário: meu pai tinha os dias contados. Deixara de falar, mas continuava se vestindo, lavando-se e barbeando-se sozinho e ouvindo rádio. Um dia, quando fui me despedir para ir ao colégio, encontrei-o sem se barbear.

— Você não vai fazer a barba hoje? — perguntei, para incentivá-lo: minha irmã e eu queríamos que nos parecêssemos naturais e quase à vontade, acostumados à morte. Limitou-se a piscar duas vezes. Minha irmã então apareceu, pegou o barbeador elétrico entre os livros (fazia tempo que meu pai não lia uma página, mas usava os livros para esconder, quem sabe por que, o barbeador elétrico), ligou-o e começou a barbear meu pai.

Essa noite acordei com um pesadelo: sonhei que minha irmã me barbeava — eu não precisava me barbear — e me machucava. A máquina me levantava a pele, deixava meu rosto em carne viva, o contato com o ar me ardia e doía. Pulei da cama no escuro, avancei como um cego pelo corredor: no espelho que havia ao final da passagem me esperava um espectro com uma cara tenebrosa, que era a minha. Entrei tremendo no quarto de minha irmã. A janela estava entreaberta e a luz dos focos das obras da imobiliária penetrava no aposento. Minha irmã dormia de barriga para cima, tensa, como se simulasse um sonho e esperasse um inimigo. Descobri-a com cuidado e deitei-me ao seu lado, sem tocá-la. "Volte para sua cama", disse sem abrir os olhos, como uma médium. Então me estiquei no chão, ao lado da cama, sobre o tapete. A uns centímetros de minha mão estavam os sapatos de minha irmã, velhos e um tanto tronchos, os saltos baixos, muito usados e brilhando de tão limpos. Então jogou em cima de mim um cobertor.

Naquela época, minha irmã e eu começamos a levar meu pai ao lavabo para banhá-lo e vesti-lo. O médico lhe deu três semanas de vida. Desenhei em um papel uma escada de vinte degraus que terminava em uma porta branca, e cada dia que passava riscava um degrau. Passaram-se as três semanas e mais três semanas e outras três semanas e meu lápis continuava parado diante da porta retangular e vazia. Cumprido o prazo, a cada manhã, antes de sair para o colégio, enquanto minha irmã lavava a cozinha, me aproximava de meu pai mudo e cego, desvalido no pijama que minha irmã lhe comprara para substituir as roupas que já não poderia vestir nunca mais, e confirmava que continuava respirando. Revistava a bolsa da minha irmã — e ao abri-la gostava de sentir o cheiro dos cosméticos e do tabaco —, pegava o estojo prateado de pó de arroz, aproximava o espelhinho da boca de meu pai: uma nuvem ligeiríssima de bafo o envolvia. Então guardava o estojo. Jamais toquei naquele débil vapor quase imperceptível. Às vezes meu pai roncava brutalmente, e minha irmã aplicava-lhe a injeção, e não precisava usar mais o garrote de borracha para comprimir e fazer saltar a veia.

Um dia os homens da construtora levantaram um novo guindaste. Pouco importava ao meu pai o estrépito das britadeiras, betoneiras, e as vozes dos capatazes: só se preocupava que a janela permanecesse fechada — o que não impedia a penetração do tumulto das obras de demolição das casas que rodeavam a nossa —, não queria que o pó cobrisse os móveis, sua roupa, a carne imóvel. Às vezes abria os olhos: estou certo de que, se a janela estivesse aberta, o peso do pó filtrado o teria impedido de erguer as pálpebras. Não dizia nada, não se queixava, não tremia um dedo, mas minha irmã o entendia: minha irmã cuidava para que a janela ficasse firmemente fechada e, quando meu pai necessitava, passava nele uma toalha úmida.

Mas, no dia em que montaram o grande guindaste amarelo, meu pai perdeu a apática e silenciosa presença de ânimo como um cego que tropeça porque enfiaram uma cômoda nova em seu habitáculo ou mudaram a posição das cadeiras. Eu voltara do colégio, minha irmã saíra para fazer as compras: eu lia em voz alta o fascículo de uma enciclopédia sobre a vida nas profundezas oceânicas. Embora soubesse perfeitamente que meu pai não me ouvia, eu havia aprendido que se deve ler para os enfermos. Me distraí nos hábitos de um peixe monstruoso sem olhos quando meu pai girou a cabeça para o vidro da janela: por que lançou aquele rugido terrível se não pela visão inesperada do guindaste? Fechei o livro, me aproximei de meu pai. Agora tinha os olhos e a boca bem abertos, e vi as obturações negras e a saliva escassa, branca e seca.

2

Soube então de imediato o que tinha de fazer: peguei a mão direita de meu pai e tirei a aliança de seu dedo anular. Não me deu trabalho: o anel dançava no dedo já fino, e a carne era áspera como a de uma carteira esquecida em um sótão. Não estava muito fria, embora parecesse, de fato, a carne de um homem paralisado. Temia que mais tarde, quando meu pai adquirisse a rigidez dos cadáveres, fosse difícil recuperar a aliança, e me constava que minha irmã iria gostar de guardá-la. Coloquei o anel cuidadosamente no prato que sustentava o copo d'água: não queria ouvir nenhum tilintar, nem olhar o rosto de meu pai.

Mas o aro dourado ressoou no prato como um alfinete que se estatelava contra o solo, e não pude evitar virar os olhos para meu pai, temeroso de que o menor ruído pudesse inquietá-lo e ressuscitá-lo. Vi apenas uma linha escura na gola do pijama: era quinta-feira, e quinta-feira era o dia em que trocava de roupa.

Procurei em minha pasta o caderno em que havia desenhado os degraus que subiam até a porta e marquei uma cruz sobre o espaço em branco. "Aí está", pensei. Fechei e guardei o caderno, voltei à poltrona, continuei lendo a enciclopédia marítima. Levantei algumas vezes os olhos do livro e me assegurei de que meu pai continuava impassível e estático. Por que continuava lendo para ele se não ignorava o fato de que estava morto? Supunha que uma mudança no clima do aposento poderia fazê-lo reagir: há pessoas que acordam no cinema quando o filme acaba, alarmadas pela interrupção da trilha sonora e a volta das luzes. Meu pai devia ter morrido havia mais de um mês e, agora que finalmente conseguira cumprir com retardo os vaticínios dos médicos especializados, eu não queria quebrar a ordem que, coroando os meses revoltos e sombrios, caíra sobre a casa como um aprazível resplendor no meio de uma tarde. Até mesmo o estrondo das britadeiras e das brocas dos operários que sitiavam a casa se tornava tão oportuno como a gritaria e o rumor de botas, armas e apetrechos de um exército desejado que chegasse para libertar uma cidade.

Enfiaram então a chave na fechadura. Ali estava minha irmã. Poucas vezes nos dirigíamos a palavra, de modo que não parei de ler: o monstro marinho avançava pelas profundezas abissais emitindo um fulgor próprio e maravilhoso. Minha irmã foi para cozinha, carregando duas bolsas gigantes. Eu sentia uma verdadeira curiosidade em ver como seria para ela descobrir nosso pai morto, e me esforçava para que a voz não me traísse, como quando segurávamos o riso no escuro brincando de esconde-esconde. Do meu lugar, olhei por cima das páginas: a sombra de minha irmã à luz da geladeira aberta se projetava nas lajotas cinza do corredor. Quanto tempo ela levaria para colocar peixes e filés e verduras no congelador e no refrigerador? Meu coração batia com força. Quando minha irmã apareceu diante de mim, notei que minha voz vacilava como o pulso de quem não se atreve a espetar uma agulha no braço alheio. Ela percebia o ambiente rarefeito do recinto. Aproximou-se de meu pai — o rádio soava e eu lia o parágrafo que se referia à reprodução dos monstros anfíbios —, inclinou-se sobre a boca desfigurada, atreveu-se inclusive a tomar o pulso do morto. Tinha um absoluto controle de seus nervos. "Vá lá para cima", me disse. "Quero ler para o papai", eu disse a ela. "Vá, vá", soluçou, não de forma sofrida, mas fria e irritada.

Preferi me trancar no lavabo do térreo. A parede do espelho era a parede da sala de estar, e me parecia que poderia ver através do espelho o que ocorria no aposento vizinho. Mas só via meu próprio rosto coberto pela acne, a pele porosa e infectada por um fenômeno inclassificável, os olhos que haviam olhado meu pai morto. Enquanto ouvia um choramingo, os passos de minha irmã, a porta se abrindo e fechando, o ruído deficiente do motor do Opel, o retorno do carro — pelo tempo empregado na viagem-relâmpago, adivinhei que minha irmã usara o telefone do posto de gasolina —, eu descobri, no fundo dos meus olhos celestes, o rosto do meu pai e recordei o rosto morto que acabara de contemplar havia apenas uma hora. A cara do morto não era a cara do meu pai, não era o rosto das fotos que guardávamos na lata de chocolate instantâneo; era a cara do espectro que invadira o corpo do meu pai, e nos havia hipnotizado e forçado a alimentá-lo e a transportá-lo pela casa, aproveitando-se, sem dúvida, através dos contatos físicos, de nosso próprio sangue. Havia uma foto em que meu pai me sustentava sobre os ombros perto do chuveiro da piscina: que relação guardava o ser consumido e alquebrado e sujo que morrera no sofá com o atleta que aguentava meu peso? Então a janela do lavabo se iluminou intermitentemente com uma fosforescência alaranjada: uma ambulância silenciosa e acesa havia parado diante da casa, na frente do enorme guindaste amarelo. Não entendi o que diziam os enfermeiros e os médicos, nem ouvi mais minha irmã: vi-a sair detrás da maca coberta por uma manta azul presa com correames, pois os transportadores temiam que o morto escapasse, voltasse ao sofá, considerasse inabitável o hospital de mortos em que, com toda certeza, queriam enclausurá-lo.

Ninguém desligara o rádio da sala de estar, mas haviam dobrado cuidadosamente a manta escocesa com a qual o morto se abrigava. No sofá permanecia uma levíssima depressão deixada pelo corpo: o impostor que usurpara o lugar do meu pai só conseguira atingir um tamanho e um peso ostensivamente inferiores aos de seu modelo e vítima. No buraco do sofá até eu mesmo poderia me acomodar. E assim o fiz, e senti que uma delgada capa de cinza ou fuligem me protegia, que minhas pernas eram substituídas ao ritmo da música do rádio por pernas artificiais de ferro, que meus braços desapareciam substituídos por uma miragem de braços. Através dos interstícios da persiana podia espiar os operários com capacetes vermelhos construindo, sob a luz dos focos noturnos, as paredes do edifício, ensaiando passos de balé silenciosos e geométricos. Pulei do sofá: se tivesse permanecido mais um segundo naquela tumba, meu corpo teria sido tomado por um monstro irmão gêmeo do monstro que penetrara em meu pobre pai como uma mão em uma luva.

Então desconectei o rádio: não apenas girei o interruptor, mas, além disso, desliguei o fio da tomada. Aquele rádio fazia parte da maldição. Subi até os quartos, peguei a lata de fotografias, procurei no guarda-roupa onde minha irmã guardava as camisas do morto: estavam passadas e cheiravam a sabão em pó e a amaciante, mas, em uma camada mais profunda, o olfato sensível detectava o fedor de remédios e de enfermidade. Examinei as etiquetas das peças mais antigas, aquelas que meu pai vestia nas fotos. Na foto ao lado da gangorra usava uma camisa branca com listras escuras. Localizei essa camisa: era dois números maior do que a camisa quadriculada que minha irmã comprara para que lhe déssemos de presente naquele que iria ser seu último aniversário. As pessoas não deveriam saber qual seria o seu último aniversário? Não digo que devessem saber desde sempre: poderiam tomar conhecimento no momento em que apagassem as velas do bolo.

Já não me restava nenhuma dúvida: o indivíduo apequenado e ridículo da cabeça troncha como uma planta seca, como se tivesse adormecido enquanto esperava que o ensaboassem para barbeá-lo, a boca entreaberta com um fio de saliva de lábio a lábio, não tinha nada a ver com meu pai; tinha vindo com as britadeiras, as perfuratrizes, as verrumas, as betoneiras e os guindastes: fora uma peça a mais — agora inútil e descartada — da destruição e da demolição. Nem mesmo seu dedo se ajustava ao anel de meu pai. O anel desaparecera? Corri escada abaixo. O copo d'água repousava sobre um prato em que alguém havia apagado um resto de charuto. A aliança não estava lá. E então soou a campainha da porta. Se fosse meu pai, meu verdadeiro pai que regressava, eu não poderia devolver-lhe seu anel.

3

Na janela apareceram meus tios, tia Esperanza e tio Adolfo, sombras enegrecidas prolongadas até o portão pelo efeito dos focos brancos das obras — meus tios: tia Esperanza, a irmã de meu pai, que de tão bom grado se submetera aos desejos do enfermo de não ver nem ser visto por ninguém durante os meses da agonia; tio Adolfo, o cúmplice de tia Esperanza, que, com as mãos nos bolsos como se procurasse um salvo-conduto para entrar na casa, uma justificativa ou tão somente uma explicação, olhava o pequeno capacho de borracha, enquanto sua mulher alçava os olhos ao olho mágico da porta, plena de confiança em si mesma ou em sua maldade. Eu sei que uma vez afogara, ou mandara afogar, ou permitira que perto dela fossem afogados seis gatos que depois foram enfiados em uma bolsa transparente e jogados em um contêiner de lixo. Mantinha os olhos fixos no olho mágico, esperando que meu olho surgisse, embargado pelas lágrimas, atrás do vidro minúsculo.

Nunca gostei de frustrar as esperanças que os mais velhos e os superiores depositavam em mim e por isso esperei que pressionassem outra vez a campainha. E por isso esfreguei com força os olhos, molhei as mãos na torneira da cozinha e passei-as nos olhos, aspirei água pelo nariz e deixei que gotejasse de um modo repugnante e impudico. Cortei um punhado de papel higiênico, soltei um par de soluços e suspiros que chegaram a me comover e encarei decididamente os intrusos. Quando abri a porta e se viram diante do ser desvalido e jorrante em que eu havia me convertido, tia Esperanza e tio Adolfo encontraram a oportunidade de desdobrar toda a teatralidade e o palavrório para o qual vinham se preparando desde que minha irmã lhes dera o aviso do final do agonizante. Eu tivera a amabilidade de lhes proporcionar o cenário de que necessitavam, e me pagaram com o viril apertão nos ombros com o qual meu tio conseguiu que as lágrimas me saltassem de verdade; com os abraços e beijos de minha tia, que me causaram — ela exibia uns brincos apavorantes — vários arranhões em uma das maçãs do rosto. O forte aroma de perfume, a maquiagem e os cremes me provocaram uma convulsão espasmódica que atestou o estado deplorável em que me prostrara a morte súbita de meu pai.

Levaram-me nos braços até a cama, me ajudaram a tirar a roupa, até me vestiram. Meu tio me dizia que os homens continuam vivendo em seus filhos, e eu tremia diante da ideia insuportável de que, durante a noite, penetrasse em minha boca ou em meu nariz, ou em uma de minhas orelhas o indivíduo consumido, baboso e assustador que os próprios maqueiros, habituados a calamidades, tiveram de cobrir com uma manta para não ver sua cara: que penetrasse e ficasse para sempre dentro de mim. Então minha tia chegou com o leite quente. Odeio quem afoga pequenos animais, mas desde muito pequeno odeio muito mais leite quente com açúcar. E, para culminar, naquele momento foi-me revelada uma íntima e inquietante relação entre o ato de aquecer o leite e o de afogar gatos. Mas não ofereci resistência: bebi até a última gota. O fedor e o sabor de pano usado, úmido e saponáceo mais a sanefa de espuma aderida às paredes do copo me deram a sensação de que envolviam minha cabeça em um pano molhado sem outro objetivo além do de me causar, por asfixia, uma morte muito dolorosa. "Não sou um de seus gatos", me vi obrigado a proclamar em meio a lágrimas verdadeiras e torrenciais. "Meu menino querido", disse ela, friccionando o rosto lambuzado de cremes e pós contra o meu: esteve prestes a cravar um dos brincos assassinos em meu olho, e eu borrei sua maquiagem com a faixa branca do leite que ficara grudado em meus lábios. Detestávamo-nos, e os dois o sabíamos.

Quando me deixaram sozinho, limpei o rosto com a colcha, na qual deixei uma mancha rosada que parecia uma anteface. Coloquei imediatamente uma máscara imaginária de escafandrista, mergulhei e submergi entre os lençóis, sob a pressão claustrofóbica dos cobertores. Ouvia, escarafunchando, minha própria respiração, as inalações transformadas em um colar de borbulhas que atravessava a luz opaca das profundezas. O olhar se acostumava à escuridão do bosque de algas e águas profundas: na escuridão, distinguia os restos do transatlântico naufragado. Havia perdido a sensação de mim mesmo, os olhos fixos no buraco da lôbrega lareira imensa, carcomida pelo óxido e coberta de moluscos. Haviam retirado os marinheiros mortos? Haviam enviado homens-rã para resgatar os cadáveres entre o metal retorcido, ou as vítimas continuavam dentro do casco, descarnadas, flutuando?

Senti então que algo alheio se introduzia no quarto: um inseto, talvez uma mosca-varejeira esvoaçante ou um olhar perigoso à espreita. Sim, me lembrei do espelho que havia em meu dormitório, e recuperei peso, volume, carnalidade e o toque engomado dos lençóis limpos. Pulei da cama: o fato de eu não ter podido espiar o que ocorria na sala de estar a partir do espelho do banheiro quando os maqueiros carregavam o morto não significava que o espelho do meu quarto não fosse um cristal transparente, camuflado, através do qual o estranho moribundo que simulava ser meu pai havia me espiado noite após a noite. Era bem provável que tia Esperanza estivesse agora posicionada no guarda-roupa vizinho ao dormitório, atenta a cada uma de minhas manobras. Iria descobri-la; a vergonha a obrigaria a abandonar imediatamente a casa, seguindo os passos daquele moribundo impostor que nem sequer era um moribundo: a branda prostração na qual fingia viver o homem abjeto que substituíra meu pai seria apenas o estado de disponibilidade de um agente secreto confinado e incomunicável em um hotel à espera do momento de receber a chamada telefônica que lhe atribuirá uma missão e o colocará em movimento. Os homens da ambulância com uma sirene giratória alaranjada eram inimigos ou cúmplices que acudiam por fim em seu auxílio?

Peguei minha lanterna na primeira gaveta da cômoda, acendia-a, coloquei-a em pé sobre o móvel e o facho de luz se estatelou contra o teto como uma grande moeda amarela ou um astro manchado e habitado pelas sombras de meus braços, que se esforçavam para arrancar o dissimulado espelho transparente. Quando o conseguiram, me surpreendeu que a lua só cobrisse um pedaço descolorido de parede. Toquei a parede, bati nela e me pareceu demasiadamente sólida, tão sólida como o silêncio que envolvia a casa multiplicado pelo rumor perpétuo das betoneiras noturnas. Com ajuda da lanterna, explorei o interior do armário até dar com meu taco de hóquei sobre patins: ia decifrar se aquela parede era uma parede verdadeira ou um simulacro. A primeira martelada desprendeu um punhado de gesso, a segunda tocou o tijolo, a terceira deve ter despertado a atenção de tio Adolfo, cuja corrida degrau a degrau ouvi perfeitamente apesar da dedicação e do zelo que empenhava em prol de sua investigação. Não é estranho que minha tia, a irmã de meu pai, não o acompanhasse? Estava acaçapada no outro lado da parede, tremendo diante da perspectiva de ser flagrada com o olho na fechadura, ignóbil, miserável e indiscreta?

Não tiveram outro remédio do que o de recorrer às drogas: a água me ajudou a ingerir a minúscula cápsula azulada. E devo confessar: engoli-a certo de que me envenenavam, mas ávido por dormir e alcançar um fim confortável. O tio Adolfo me empurrou para a cama, me cobriu com amabilidade, devolveu o espelho ao seu lugar. Apenas a lanterna e o taco de hóquei, sobre a cômoda, entre entulhos e gesso, testemunhavam que um olho mesquinho e aterrorizante estivera me observando impunemente. Foi então que percebi a extraordinária semelhança entre meu tio e meu pai: é verdade que meu pai era mais alto e elegante, mas havia algo nas sobrancelhas de tio Adolfo que pertencia às sobrancelhas de meu pai. Constatei imediatamente que aquele homem não me faria nenhum mal. "Tio Adolfo", disse eu, "você se parece tanto com papai..." "Mas, filho, é tia Esperanza quem era irmã dele", me respondeu.

Aquele sinal de estupidez de sua parte não me desanimou. Ao contrário: meu pai também sabia ser um estúpido fora do comum quando se propunha a isso. Jamais esquecerei o dia em que, preocupado com minha falta de amizades, chegou em casa com o sobrinho de um sócio e, vendo a mudez com que, ao lado da piscina, nos recusávamos a olhar um para o outro — agora me dou conta de que aquele menino insignificante e eu éramos, na realidade, duas almas gêmeas, e que evitamos nos olhar como um ser, vergonhosa e repugnantemente feio, evita uma malévola foto fidedigna ou um espelho sincero e pouco piedoso —, percebendo nossa incapacidade para nos dirigirmos não mais a palavra, porém um simples olhar, apareceu com um baralho de cartas francesas, obstinado em nos distrair com alguns truques. Embaralhou as cartas, fez com que cada um escolhesse uma, e que não a mostrasse para ninguém e então pediu que introduzíssemos nossas cartas outra vez no maço. Misturou-as mais uma vez. "Digam um número entre o 1 e o 52", ordenou. Eu estava ficando nervoso: meu pai cheirava a suor e marcas de umidade marcavam sua camisa. Escolhemos nossos números. Então começou a deitar cartas sobre a mesa branca do terraço, sentado na ponta da espreguiçadeira, contando-as, e vi passar a carta que havia me tocado sem que meu pai a descobrisse, enquanto o estranho que me acompanhava, silencioso e incomodado, se mexia incessantemente, permanecendo sempre sobre o mesmo palmo do terreno.

"Vocês querem me despistar", disse meu pai. "Os números que me disseram não coincidem com suas cartas ocultas. Mas eu as adivinharei." E pronunciou umas palavras cabalísticas que obrigaram nosso visitante forçado a fechar os olhos, angustiado e quase trêmulo. "Esta é sua carta, não é verdade?", lhe disse.

E o menino respondeu: "Sim." "E esta é a sua." "Não", assegurei categoricamente. Então meu semelhante começou a correr e se trancou no Opel do meu pai. "O que está acontecendo?", meu pai se perguntou, confuso, ao mesmo tempo que caminhava até o carro. Falou com o menino pela janelinha do carro. "Eu menti, eu menti", exclamava o menino, choramingando. E não ouvi mais nada. Meu pai, ao que parece, não conseguiu convencê-lo a permanecer na casa. Tirou a gravata que ainda usava, deixou-a pendurada no galho da nespereira do jardim. Abriu o portão com um único movimento, voltou ao carro, ocupou o assento do motorista e arrancou. O pobre infeliz que deveria ter se tornado meu amigo abandonou a casa olhando-me, finalmente, através do vidro traseiro do Opel. Nem piscamos um para o outro: jamais voltou a minha casa e jamais voltamos a nos ver.

4

Não foi a luz difusa que ocupava o quarto e sim o ruído das obras ao redor da casa o que me trouxe a consciência de que já era dia, que eu despertava e que meu pai estava morto. Minha irmã voltara enquanto eu dormia? Saí descalço do quarto — havia incômodas partículas de gesso no chão — e encontrei vazio o quarto da minha irmã. Mas havia na casa uma pulsação de corpos, e eu a percebia, como quando notava caminhando pelas ruas que alguém perto de mim, às minhas costas, estava me olhando, e me virava e enfrentava os olhos de uma desconhecida: alguém, eu imaginava, que tivera seu primogênito raptado anos antes e acreditava identificar em mim o filho perdido, graças à pinta que tenho na face esquerda, e se preparava para me abordar e me levar à força a um apartamento pequeno e destruído.

Da balaustrada do andar de cima descobri tia Esperanza e tio Adolfo e recuperei a memória da noite anterior: com um pano minha tia tirava o pó das prateleiras da biblioteca, apressada como o responsável por um assassinato preocupado em apagar possíveis pistas, enquanto meu tio mantinha a vista em um ponto aéreo e fixo, ausente como quem espera em um ponto de ônibus, certo de que a impaciência não mudará a hora da partida ou da chegada dos veículos, conformado e desesperançado. Sim, tinha uma semelhança notável com meu pai, antes, claro, de o meu pai ser invadido pelo ser carcomido que fora carregado pelos maqueiros. Levantou os olhos e me olhou, mas não disse nada: era como se estivéssemos às escuras e os olhos de meu tio tivessem que se habituar às trevas para me distinguir e reconhecer. Após um tempo exclamou: "Bom-dia!", e minha tia sorriu para mim, e a dentadura amarelada como nata de dois dias atrás funcionou como um lembrete: um laço de lã amarrado em um dedo para que nos recordemos de um compromisso. Ninguém me convenceria de que meu pai estava morto.

Parecia evidente e indiscutível; no entanto, é claro que estava, e até fui ao enterro, do qual me restou uma sucessão de imagens velozes e débeis, as imagens da tela de um cinema em que abriram uma porta e uma cortina deixando penetrar a luminosidade do exterior, diluindo os atores, os cenários e as paisagens. Minha irmã, vestida de preto e escondida atrás de óculos com lentes embaçadas, carregava uma curiosa bolsa de papel marrom nas mãos avermelhadas. Pensei: "A pobre chorou muito", mas imediatamente me dei conta de que não havia sido o pranto que irritara suas mãos. Tivera de lavar o cadáver, fora obrigada a cavar uma sepultura? Os coveiros se moviam sem emoção, profissionalmente, e tanta diligência dedicada a um total estranho conseguiu me comover. Não tive, pois, de fingir que me afligia pela morte de um indivíduo que era um substituto, se é que alguém estava sendo enterrado: depois de o terem tirado de um carro comprido cinza-pérola, o féretro me pareceu extremamente leve, apesar de estar coberto com flores e coroas com faixas pretas e douradas. Além do mais, é de se perguntar se um recipiente vazio e um cheio fazem o mesmo efeito. Aquela caixa de madeira laqueada parecia estar absolutamente vazia, e, supondo que minha perspicácia me enganara, o que me importava que sepultassem um falsificador, um impostor? Eu havia recolhido provas suficientes de que o homem que babava no sofá, diante da janela, absorto nos guindastes, nas escavadoras e no rádio, não era meu pai.

Vi então que minha irmã exibia uma corrente de ouro sobre o vestido do luto, uma corrente da qual pendia o anel de meu pai. O caixão ascendia em um elevador até o nicho com a lentidão de um príncipe a caminho da coroação. Devia ordenar que parassem a cerimônia, abrissem o caixão e, se houvesse alguém lá dentro, comprovassem que não pertencia ao cadáver o anel que minha irmã guardava? Um indivíduo de muletas me observava atônito do alto de uma elevação. Estava me fazendo sinais? Desgraçadamente fui distraído por um avião que, naquele confuso instante, atravessou com estrondo o céu claro e frio, e depois, quando já se afastava, percebi que o inválido desaparecera e que o ruído do elevador mudava: o ataúde se deslocava agora sobre trilhos até as profundidades do nicho. Enquanto tapavam o buraco em que jazeria por toda a eternidade um impostor que talvez fosse ninguém, reinou um silêncio gelado, interrompido apenas por tímidas tosses contidas e pisadas pastosas sobre a terra úmida e macia. Vivíamos em um globo de vidro: se alguém tivesse nos agitado, teria começado a nevar. Eu evitava ler as inscrições nas lápides, porque temia tropeçar no meu próprio nome.

Preenchiam e fortaleciam as bordas da tumba com injeções de silicone: o desaparecimento do defunto se consumava. A lápide que fechava o nicho ficou, no entanto, em branco: estavam me dando mais uma prova de que não era meu pai quem ocupava a sepultura? E conforme o elevador descia, em uma transição imperceptível, se desataram as conversas e empreendemos a marcha à porta do cemitério. Minha irmã apoiou a mão direita em meu braço, mantendo bem apertada a bolsa de papel marrom na esquerda. "O que você leva na bolsa?", quis perguntar, mas, no lugar de palavras, emiti um misterioso grunhido que despertou o terror na multidão: produziu-se, pelo menos, um impenetrável, admirado e respeitoso silêncio, como se um oficial de alta patente tivesse irrompido na algaravia de uma sala de oficiais pouco disciplinados.

Em casa, a reunião se ampliou: todos os que haviam demonstrado devoção e estima a meu pai acatando seus desejos de isolamento e tranquilidade à intratável hora da morte agora estavam ali dando conta das bandejas de sanduíches, bolos e bebidas que tio Adolfo, cumprindo uma última vontade do defunto, sem dúvida esquecida nos dias finais, havia encomendado à Confeitaria Argentina. Embora fizesse frio, abriram as janelas — alguém julgou a sala pouco ventilada — e o ar se encheu em um segundo do pó levantado pelas verrumas, perfuratrizes e escavadoras. Sentei diante do sofá do qual meu pai havia desaparecido: agora estava sendo ocupado por um homem pálido e um homem moreno que tinham o mesmo rosto, vestiam a mesma roupa e falavam muito alto, desabituados ao trato humano nas condições daquela casa cercada e isolada no meio de impressionantes obras de alvenaria. Olhei para um dos ombros e vi que estava coberto de pó; as cabeças dos convidados estavam ficando cinza: a sala era uma fabulosa câmara de envelhecimento acelerado. Minha irmã se esfumou; esquecera sobre o console a bolsa de papel marrom da qual não havia se desgrudado durante o enterro. Haviam aberto a porta e as pessoas se esparramavam pelo jardim: no dia seguinte, haveria copos no meio da grama amarela e das folhas secas, ao pé das poltronas e espreguiçadeiras, junto à gangorra. Abri a bolsa, espiei dentro dela: ali estavam dobradas a blusa estampada de minha irmã, a saia azul e as meias. Cheiravam a viva claridade fechada.

Um homem se aproximou do telefone: fora avisado de que não tinha linha, de que meu pai cortara havia muito com tesouras o fio, não alterado nem impaciente com o excesso de chamadas, mas sim cansado da angústia provocada pela espera de uma ligação que nunca acontecia. Foi o que lhe explicou minha irmã pausadamente, como se explicasse o uso de uma máquina, e eu ouvi. Mas o homem teclava com desassossego no telefone, perseguindo a linha perdida, até que percebeu o fio cortado. O público do enterro despovoava a casa no meio da tranquilidade ofuscada pela poeirada das obras: pela porta e pelas janelas já entrava a luz dos refletores que iluminavam os andaimes e os esqueletos dos futuros edifícios. O homem que usava o telefone pegou o fio inútil com os dedos e começou a rir. Os visitantes abandonavam a casa sob o peso do pó como turistas que saíam de uma mina ou flagelados que fugiam serenamente de uma habitação agitada por um terremoto. O frio tomava conta da sala de estar como a febre se apodera de um enfermo, e não me sentia aliviado pelo fato de os estranhos terem ido embora: o frio aumentava com a desolação da casa. O homem que telefonava ainda empunhava o fone, virava as páginas do caderninho forrado de couro preto no qual anotava endereços e números de telefones "Aqui está meu número", disse de repente, e, ao fazê-lo, adquiriu uma consistência nova, os bolsos cheios de chumbo.

Todo sentimento se diluíra entre cordialidade e nua alegria: os que partiam carregavam a tranquilidade sábia da morte. E então o homem do telefone cortado pegou a foto emoldurada em que minha irmã posava ao lado de meu pai, perto da piscina, antes da última estadia no hospital — era desconcertante a diferença entre o cadáver e o cavalheiro da foto. "É meu pai", indiquei ao homem. "Sim, eu sei muito bem", me disse. "E esta é sua mãe", afirmou. "Está enganado", respondi; "é minha irmã." Meu pai da fotografia me devolvia o olhar, olhava-me diretamente nos olhos. Subi as escadas, me detive diante do quarto de minha irmã, rocei a porta com os nós dos dedos. Abriu tia Esperanza. Tio Adolfo abraçava minha irmã, que assoava o nariz com um lencinho de papel. As costas de tio Adolfo eram as costas de meu pai.

5

Depois se sucederam dias estranhos e frios em que a temperatura nunca subia: as cores ficavam mais claras, chegavam a borrar-se, como imagens de uma televisão que recebesse um sinal ruim. Eu, fiel aos meus costumes, me sentava diante do sofá que ficava em frente à janela, ligava o rádio e lia em voz alta os fascículos da enciclopédia marítima. Introduzi, no entanto, uma ligeira mudança em minha conduta: deixei de ir ao colégio. Estava certo de que meu pai apareceria em casa a qualquer hora impensável da manhã ou da tarde e queria estar ali para recebê-lo. À minha irmã importava pouco o que eu fizesse, contanto que não fosse barulho: ela dormia durante o dia inteiro. Como uma fada malévola, havia transformado todo o tempo em noite. Movia-se sonâmbula pela casa, preparava um café com torradas, comia e voltava a se fechar em seu quarto. Tio Adolfo era nossa única visita: trazia jornais e provisões, se interessava por nossa existência. Quando chegava no horário do colégio, eu escapava pela porta da despensa e me escondia na casa de máquinas da piscina, a espreita, até ouvir o ferrolho do portão que anunciava que ele havia partido.

Um dia a campainha soou com uma energia incomum; não se tratava, estava claro, de meu tio, sempre tão cheio de modos e levemente congelado por uma respeitosa distância. Seria o telegrama ou a carta urgente que meu pai ficara esperando? Não hesitei em abrir a porta sem tomar, desta vez, a precaução de espiar pelo olho mágico. "Quem é?", perguntou minha irmã, alarmada, lá de cima. Não respondi: sabia que em alguns segundos ela estaria dormindo de novo e nunca mais pensaria na campainha nem na visita inoportuna. Era Adela, professora de minha escola. "Alegro-me em vê-lo", me saudou. Sempre se comportava com uma alegre elasticidade atlética, mas sempre escorregava e tropeçava e mais de uma vez eu a vira cair nos corredores inóspitos e ressonantes do colégio. "Quanto me alegra que a senhora tenha vindo!", respondi, querendo lhe dar uma ideia exata de como estava profundamente afetado pelos acontecimentos recentes e que era melhor que se despedisse imediatamente. Mas minhas palavras surtiram o efeito que eu menos pretendia: aquela mulher atreveu-se a colocar uma das mãos em meu ombro e a me explicar a necessidade que temos de companheiros e como me faria bem voltar às aulas. Fixei-me em seus lábios pintados: tinha um dente manchado de batom. Imaginei-a se arrumando para vir me ver, ouvia o clique da tampa do estojo de batom ao ser fechado, o estalido do estojo de pó de arroz. "Estou esperando", lhe disse. "Está esperando? O que está esperando?", perguntou. Como poderia lhe dizer que estava esperando meu pai? "Estou esperando me sentir melhor." Tirou as luvas de lã amarela, pegou minhas mãos com suas mãos gélidas, como em uma brincadeira. "Venha amanhã à aula, por favor. Não posso falar com sua irmã?". "Não", respondi; "é datilógrafa." "É datilógrafa? O que você quer dizer? Sua irmã está trabalhando agora? Não pode abaixar o rádio?"

Pouco a pouco fora elevando a voz: só as pessoas muito sensíveis superam a pressão do estrépito dos guindastes, das betoneiras, das perfuratrizes e das quadrilhas de pedreiros da construtora e são capazes de conservar o tom normal. Fechei os olhos, mas foi inútil: continuava vendo a pele ocre e brilhante graças aos cremes da professora — vi, inclusive, um pote de hidratante com suas impressões digitais e uma xícara com a borda manchada de vermelho engordurado. "Não disse que minha irmã trabalha, mas que é datilógrafa." Então a professora se desmascarou: "Se você não estiver amanhã na sala de aula, informarei à direção, para seu próprio bem." "Eu lhe prometo", respondi sinceramente, "que não precisará ir à direção."

Saiu deixando as luvas amarelas. Aproximei-me da janela: andava decidida, evitando socavões, escombros e maquinarias, em direção ao ponto de ônibus, segundo deduzi pelo rumo que tomavam suas pernadas de uma encarregada de fábrica. Cheirei as luvas: o odor era de lã embebida em colônia. Então, com elas em punho, saí da casa a toda velocidade — era a primeira vez que a abandonava desde o dia do enterro e o ar livre e limpo me obnubilou; cambaleava como o passageiro que, após meses de travessia, desce de um barco ou de um balão. Corria sem parar com a respiração entrecortada. Queria chegar antes da senhorita Adela ao edifício Finlândia, estar em um andar bem alto quando ela passasse. Alcancei-a entre os edifícios França e Itália: Podia vê-la do outro lado dos prédios em construção, dirigindo-se com firmeza ao ponto de ônibus. Pensava no que me dissera, no que teria podido me dizer e no que poderia não ter dito? Se não corresse muito mais, não chegaria antes dela ao edifício Finlândia, mais ainda se levasse em conta os oito ou nove andares que eu teria de subir. Perdi-a de vista entre os edifícios Noruega e Dinamarca.

Entrei solitariamente no edifício Finlândia, estava quase pronto, mas ainda sem os tabiques que separariam apartamentos e cômodos, sem o revestimento do piso e das escadas. Faltava-me ar quando alcancei o sexto andar. Parei. Aproximei-me do vão que viria a ser um terraço ou um balcão: Adela passava justamente debaixo de onde eu estava; se afastava. Senti desespero. Dei-me conta, então, de que se quisesse chegar ao ponto de ônibus teria de dobrar a esquina. Mantendo as luvas amarelas bem firmes em uma das mãos, agarrei de uma só vez três pesadas lajotas de mármore e caminhei sem ânimo aos balcões da outra fachada do bloco. Adela acabara de virar a esquina. Fiz meus cálculos: sempre me destaquei em física e matemática. No momento certo lancei as lajotas. Acertaram o alvo? Não olhei: não suporto violência nem sangue.

Quando cheguei em casa, estava bastante tranquilo. A caminhada me fizera bem; o clima frio, com uma luz industrial e branca, me transmitira uma sensação feliz; até me atrevi a saudar, agitando um braço, o operador do grande guindaste amarelo. O operador se protegia com um gorro azul. Então me recordei que guardava as luvas de Adela no bolso. Vesti-as e senti que minhas mãos eram as mãos de outro. Agachei-me e colhi um fragmento de parede derruída, o resto de uma das casas semelhantes a nossa que, em alguns meses, as máquinas haviam arrasado — dessa forma senti o que sente a mão de outro quando carrega uma coisa enquanto a olhamos. Cruzei o portão, deixei cair a peça de tijolo, cimento e gesso e parei ao lado do Renault do meu tio. Tio Adolfo estava na minha casa, como acontecia quase todas as tardes. Fui até a piscina: gostava de olhar o emaranhado de folhas, papéis e plásticos que cobria a superfície, as partes mais claras em que surgia a água verde. Parecia o mapa físico — com marrons de vários matizes, verdes, azuis, amarelos e laranjas — de um continente ignorado. Da gangorra, joguei na piscina a tampa de uma lata de tinta: flutuou sobre as folhas e atirei uma pedrinha, ela ficou sobre uma bolsa de plástico inchada e arqueada, um fardo sobre uma balsa.

Não vi meu tio sair da casa: ouvi seus passos, vi sua sombra; vi, por fim, suas costas, que eram as costas de meu pai. Pisou em alguma coisa que soou como um galho ao partir-se. A porta do Renault estalou e o carro arrancou, se afastando. Tio Adolfo não me vira pelo retrovisor? A casa tinha o aspecto de uma vivenda abandonada súbita e apressadamente por seus habitantes: o rádio tocava, minha cadeira ficara afastada com desenfadado descuido da mesa — a senhorita Adela parecia não ter estado na casa: havia se preocupado em colocar seu assento milimetricamente no lugar —, a enciclopédia dos seres marítimos continuava aberta na página dedicada aos animais microscópicos. Entrei na cozinha, embrulhei as luvas em papel-alumínio e enfiei-as no forno aceso. Depois subi ao quarto de minha irmã: fazia muito que não a via; mais de três horas pelo menos. Estava sobre a cama, descoberta, só de calcinhas. "Você não pode bater na porta?" Precisava escovar o cabelo e por isso peguei a escova e a estendi. Ela mordeu a empunhadura, pensativa. Então pulou da cama, pegou algumas roupas no armário e foi para o banheiro que havia diante dos quartos. Os lençóis da cama estavam desordenados como se sobre eles tivesse acabado de ser celebrado um combate, uma luta suja. Cheirei-os, ajoelhado nos cobertores caídos no chão. Tinham um cheiro especial: de plantas espremidas e maceradas que começam a apodrecer. Por quanto tempo estive fuçando nos lençóis? Minha irmã surgiu reluzente, no pescoço a corrente de ouro com o anel de meu pai, como um fantasma que surge de um quadro para assistir a uma festa. "Vou sair", disse. "Vai sair? Vai para onde?", perguntei. "Aonde me der vontade. E amanhã você volta ao colégio. Acabou o luto. Você acendeu alguma coisa na cozinha? Apague. Está cheirando a queimado."

Enquanto desfazia em uma frigideira — usando um garfo, uma faca e umas pinças — o que restava das luvas amarelas, observei, da janela da cozinha esfumaçada, minha irmã tirar o Opel da garagem, cruzar o portão, parar, descer do carro, fechar o portão com uma chave, voltar ao carro e se afastar. Saudou-me com um braço do lado de fora da janela. Manejava a caixa da privada para que a água arrastasse as cinzas das luvas, o papel-alumínio queimado, e maldizia minha irmã. Recordo que anoitecera e eu temia dormir e morrer.

6

Continuava milagrosamente vivo na manhã seguinte. Corri a cortina, enrolei a persiana: uma névoa sem densidade se dissolvia e o sol se apoderava das coisas; um grupo de trabalhadores com perfuratrizes e pás mecânicas destruía com frio afã rotineiro o que restava de Villa Maravillas; um Mercedes-Benz que eu nunca vira estava estacionado em nosso jardim, ao lado do Opel. Não senti curiosidade, nem estranheza, nem alarme: senti desolação. Desde que meu pai partira, vivíamos no reino do provisório e da dúvida, e aquele desmesurado carro branco irrompia sem aviso na casa, inquietante como uma cicatriz que, durante a noite e o sonho, tivesse sido gravada na minha testa.

Vesti o roupão, calcei as botas sem meias, desci em silêncio as escadas. Meu coração parou por um milésimo de segundo: sobre o sofá estava o casaco de meu pai, jogado e abandonado, como se ele tivesse voltado muito tarde, cansado, e não tivesse se preocupado em pendurá-lo no cabide. Apalpei aquele abrigo que pertencia a um espectro: era sólido como um ser vivo, porém distante, uma espécie de contador ou auxiliar de escritório. E então ouvi a tosse, não uma vez, mas duas vezes seguidas: a tosse de um indivíduo saudável e intrépido interessado em atrair a atenção de um distraído. Virei-me e dei de cara com Schuffenecker. É claro que eu ainda não sabia que se chamava Schuffenecker, mas aprendi muito depressa. Minha irmã sempre o chamou de Schuffenecker; dizia que um sobrenome desses não podia ser jamais desprezado. O que era o nome de batismo que deram a Schuffenecker, se é que tinham lhe dado um nome, diante daquele desmesurado sobrenome? Estava vestido com perfeição, apoiado no corrimão como se estivesse acompanhando um espetáculo, diante da porta do quarto de minha irmã. Mirá-lo era como beber um xarope agridoce e espesso: era pálido e parcimonioso, embora, de repente, tivesse piscado três, quatro vezes vertiginosamente. Tinha rosto? Se tinha, não consigo recordá-lo agora — era uma cara vazia, uma fábrica deserta. Mas gostei dele. Schuffenecker tinha a idade e o tamanho exatos de meu pai, apesar do contraste feroz entre a carne descolorida e o paletó azul lhe darem um aspecto desassossegado de baforada prestes a se esvaecer.

"Você gostou do meu casaco? Espere até eu lhe mostrar o equipamento de som do carro." Estive prestes a desmaiar ao receber a voz metalizada, como vinda de um rádio ou de um gramofone: soava como a voz de meu pai, emitida do lugar secreto onde se ocultara ou o ocultaram seus raptores. "Meu filho", continuou a voz, "poderíamos tomar um pouco de café? Vocês não têm televisão?" Tratava-se de um vendedor de eletrodomésticos a domicílio que, da estrada, havia descoberto na casinha dos dejetos a caixa de papelão meio dissolvida pelas chuvas em que guardávamos o televisor imprestável? Mas o cheiro era da minha irmã. Senti assim que passou, roçando-me, a caminho da cozinha. Descera as escadas com a segurança de quem tem na casa um quarto e uma cama reservados e um cabide esperando sua roupa. Flexionava as longas pernas fortes e magras como se imitasse um bailarino, e a única coisa que ressaltava em suas feições era uma perpétua expressão de expectativa, sempre preocupado em conseguir a aprovação da plateia. "Você desce escadas muito bem", eu lhe disse. "Pois você vai ver quando eu segurar a xícara."

E era verdade: erguia a xícara como um caçador e colecionador de borboletas manejaria o exemplar mais valioso antes de espetá-lo em um alfinete. Bebia o café em goles muito pequenos que degustava e engolia com deleite. Era distinto e devia gostar das coisas antigas: o café tinha sido feito há uma semana e não havia sido requentado apenas uma vez, mas muitas. Eu o observava com a mistura de espanto e familiaridade que se dedica às conversas sobre os mortos. Então vi, pela janela, que as luzes do jardim — que não acendíamos há meses — resplandeciam no meio da manhã clara como convidados que estão sobrando e a quem ninguém dá atenção. Minha irmã e o homem elegante haviam vagado de madrugada pelo jardim e pela piscina. Saí ao exterior sem dizer palavra, apaguei tiritando as luzes quase invisíveis na plenitude do dia: pensava nos vidros incandescentes que protegiam as lâmpadas e me aproximava do Mercedes branco. Dentro do Mercedes, no assento traseiro, havia algumas raquetes de tênis, três latas de bola. Percebi o reflexo arqueado e disforme de Schuffenecker na carroceria e nos vidros do automóvel: havia se aproximado tão sigilosamente quanto um bicho-da-seda.

Mas agora agitava as chaves do Mercedes-Benz, provocador. "Você entra?" Entrei. Nunca estivera dentro de um Mercedes, e por isso me perguntei se, apesar dos aromatizantes espalhados pela cabine do carro de Schuffenecker, todos os Mercedes do mundo fediam a peixe. Schuffenecker era dono ou empregado de uma peixaria? Sentou-se ao meu lado com as mãos no volante. Ligou um aparelho e o carro foi invadido por uma música dançante. "O que você acha?", me perguntou. Aproximei-me de Schuffenecker: subterrâneo, por baixo do aroma familiar de minha irmã, captei um cheiro de lubrificantes, pneus e calotas. Roubara o carro? Transportara uma caixa de peixe fresco? "Para que servem os comandos e os botões?", perguntei. Gostava de ouvi-lo falar: parecia que meu pai me ligava do aeroporto ou do telefone público de um supermercado.

Quando Schuffenecker estava indo embora, o guindaste amarelo girou 180 graus e um parafuso sobrevoou uma saqueada Villa La Vega. O Mercedes se perdeu em uma nuvem de poeira. Voltaria a ouvir a voz gelada de meu pai? Fui procurar minha irmã. Entrei no quarto sem fazer um único ruído, fiquei ao pé da cama evitando pisar no vestido atirado no chão, aproveitando para olhar entre as sombras as linhas afiadas e reluzentes da zona mais alta da persiana.

Estava adormecida. No travesseiro, perto da boca, havia uma mancha recente de saliva. Levantei por um segundo o lençol e os cobertores: minha irmã estava nua. Sentei sobre o tapete, na semiescuridão, desejoso para ouvir sua respiração. Fechei os olhos, vi clarões brancos e uma lanterna que caía de uma torre; concentrei-me no silêncio, não ouvi nada. Abri os olhos: minha irmã dormia, plácida e feliz.

Peguei os livros e saí da casa. Uma camada muito fina de gesso e cimento havia pousado sobre o gramado destruído e se misturara com o cascalho. Na piscina, a folharada era cinzenta e granulosa, um domínio de neve suja. Levei uma espreguiçadeira até a casa de máquinas, deixei a porta metálica entreaberta, me deitei como um convalescente entediado e tenso. Comportava-me como quem se esconde de todos, cansado de que todos se ocultem dele, o evitem ou marquem falsos encontros, aos quais não comparecerão. O tempo passava imperceptível como o movimento de um astro. Abandonei a espreguiçadeira que deixara minhas mãos e o roupão cheios de pó. Duas novas verrumas explodiram não muito longe. No vidro da janelinha havia um rosto que não se parecia comigo. Fugindo de meus perseguidores, eu recorrera à cirurgia estética, um cirurgião transfigurara meticulosamente minhas feições e havia me convertido, para despistar meus inimigos, em um menino feio com pele de vaselina infectada por impurezas. O cirurgião fizera uma verdadeira obra de arte: acabavam de me retirar as bandagens e, diante do espelho, vestindo o roupão, eu admirava os resultados deslumbrantes da operação. Vi então, através da sujeira do vidro e do rosto monstruoso que o médico diabólico me construíra, o Renault do tio Adolfo, estacionado ao lado do Opel. Meu tio saltou do carro e, durante um segundo, dirigiu a vista ao meu posto de observação. Em uma reação automática, fechei os olhos, apertando-os bem, como se tal gesto fosse me dotar de uma invisibilidade amiga — de novo, me surpreendeu, no túnel dos olhos fechados, a lanterna que caía da torre, mas ela se dissolveu subitamente em um fulgor incolor. Abri os olhos: tio Adolfo desaparecera, embora o Renault continuasse ao lado do Opel.

Deviam ter passado horas quando meu tio saiu da casa. Estava com os cabelos molhados e em desalinho, como se tivesse acabado de sair do banho. Exibia o curioso aprumo inquieto de quem disputara e ganhara uma difícil partida de xadrez; falava sozinho, murmurava ou cantava entre os dentes, e pisava o gramado careca como se lhe pertencesse. As costas eram como as de meu pai — ele era, como meu pai, um homem que sabia dar as costas, costas acomodadas em si mesmas e, no entanto, erguidas. Uma vez vi meu pai afastar-se em direção a um avião entre a massa de futuros companheiros de voo. Percebi, então, entre costas inconsistentes, abandonadas e inseguras, a serenidade magnânima das costas de meu pai. E, naquele momento, meu tio Adolfo carregava dignamente, sem esforço ostensivo, aquelas costas especiais. Da janela do seu quarto, minha irmã, envolta em uma das camisas de meu pai, vigiava a partida do Renault. O carro se perdeu de vista; as nuvens se moveram e mudaram a cor do dia translúcido em que flutuava, suspensa, a poeirada das obras, e voltaram a se mover. Surgiu uma luz química e lívida, albina, e minha irmã apareceu como uma alucinação perto do Opel, com um laço violeta e brilhante no cabelo e os lábios vermelhos. Não sei por que me saltaram lágrimas enquanto arrancava, uma a uma, as páginas do livro de ciências naturais.

7

Entrei na casa, no quarto de minha irmã. Ao estrépito da maquinaria dos construtores se somava o motor da lavadora, mas, diante da porta do quarto, se amontoavam, como uma lona de circo desabada, os lençóis celestes. Minha irmã havia trocado a roupa de sua cama depois do meio-dia, pois costumava, nas primeiras horas da manhã, antes de se deitar outra vez, abastecer a lavadora e colocá-la para funcionar. Aproximei-me dos lençóis e toquei-os: ainda conservavam o calor do corpo. Lancei-me e agachei sobre os lençóis: exalavam um cheiro não habitual que me inquietava como se, em um quarto às escuras, notasse, ou melhor, pressentisse a presença de um sombrio vulto novo. Era o cheiro do meu pai? Então vi as manchas viscosas, manchas que pareciam nuvens em forma de felinos ou felinos desfeitos em forma de nuvens, os animais que me surpreenderam na viagem de dois verões atrás nas estradas, no meio do asfalto ou na sarjeta, estripados e cobertos de sangue, ou uma mera pasta de gordura que nem afetava o sistema de suspensão do carro.

Eu gostava de ouvir a lavadora, as betoneiras, as escavadoras, as brocas, a voz repentina de um capataz. Tinha sono, me sentia exausto, como se tivesse perdido sangue. Todos os mecanismos que funcionavam ao meu redor moviam os êmbolos de um aspirador de sangue que atuava sobre mim por controle remoto. Estava me convertendo, seco, exangue, em um ser de pedra. Começava a deixar de ouvir o ruído das obras, a lavadora se evaporava, os lençóis empalideciam, deixavam de emanar o odor da malícia ou da enfermidade. Contaria até dez e ao alcançar o último algarismo me levantaria, tomaria banho, me vestiria, sairia para olhar os guindastes. Pronunciei a palavra dez, fiquei em pé, entrei no banheiro, abri a caixa de remédios, encontrei as cápsulas azuis que tio Adolfo usara para me adormecer. Engoli, bebendo diretamente da torneira da pia, cinco cápsulas. Voltei à montanha de lençóis sujos, deitei e dormi.

Mas despertei em minha cama. Era noite alta e, pelas janelas, chegava a luz dos refletores noturnos que iluminavam o trabalho dos operários. Aproximei-me do jardim. Ao lado do Opel — desde que o tirara da garagem, no dia em que constatei que o moribundo do sofá era um impostor, minha irmã o deixava ao ar livre — havia um carro velho e grande cuja marca eu desconhecia. Logo ficaria sabendo que se tratava de um Peugeot fora de moda. Minha irmã continuava, então, procurando meu verdadeiro pai: já tinha as sobrancelhas e as costas de tio Adolfo, a voz de Schuffenecker. O que encontrara agora? Deslizei silenciosamente até a porta do quarto dela, grudei a orelha na porta, que era fria e áspera como um filé que está há dias na geladeira. Foi o que senti; que enfiavam em minha orelha um pedaço gigante de carne enquanto percebia um roçar de panos úmidos, a respiração inaudível de dois esquilos em uma jaula, um relógio sobre um prato, a voz amordaçada de um desconhecido que em plena madrugada cantarola uma rumba, um riso contido. No meu quarto, deitado, a lâmpada apagada, cravei os olhos nas sombras que os refletores projetavam no teto branco. Não dormiria: observaria a pessoa que estava com minha irmã, checaria que fragmento de meu pai minha irmã encontrara daquela vez.

Adormeci. Quando despertei, eram três e vinte da tarde e o carro desconhecido não estava no jardim, nem o Opel. Vesti uma camisa e calças por cima do pijama, as botas, um casaco. Bebi um litro de leite e peguei um punhado de dinheiro na caixa de tabaco de Havana onde minha irmã o guardava. Fui de ônibus à praça Alferes Brizzola, onde a linha terminava. Outro ônibus me conduziu à rua Reinoso. Subia nos ônibus, fechava os olhos e esperava o aviso da última parada, do final do trajeto. Ia em pé agarrando com força a barra, o rosto na janela. Queria ver como meu rosto permanecia inalterado no vidro enquanto os exteriores se sucediam, mas me dava pânico ser sempre o mesmo e fechava novamente os olhos. Na Alameda, descobri, do ônibus, no instante em que tocavam meu ombro para que abandonasse o veículo, o Mercedes de Schuffenecker. Identifiquei-o pela placa — tenho uma memória excelente para números e sou capaz, sem contá-los, de adivinhar quantos livros há em uma estante. Através do para-brisa me dei conta de que não estavam mais ali as raquetes nem as bolas de tênis. Não me foi difícil encontrar uma pedra. Envolvi-a com o casaco, me apoiei na traseira do carro que precedia o Mercedes no estacionamento e quebrei os dois faróis do automóvel de Schuffenecker: imaginei-o desconjuntado, mas mostrando uma elegante paciência diante da adversidade.

Era a hora da saída do colégio e voltei para casa. Ali estava o Opel e, ao lado do Opel, um esplêndido Alfa Romeo. A janela ao lado do assento do carona não fora completamente fechada e pude enfiar o nariz e ver as duas raquetes de tênis e as três latas de bola, e cheirar a miscelânea de perfumes caros e intensos. Era o Alfa Romeo de um representante de perfumaria que tinha os mesmos interesses de Schuffenecker? Logo iria saber: sentado no sofá da morte me esperava Schuffenecker, que tentava sintonizar um televisor portátil. Minha irmã tinha os dedos esticados, esperando que secasse o esmalte transparente — um protetor de unhas, dizia ela — que usava. O ar estava impregnado de cheiro de resina, cheiro de laboratório. "Você gostou do meu presente, meu filho?" Um avião aterrissava na tela do televisor, que estava sem som. "Aconteceu alguma coisa com o seu Mercedes, senhor?" "Com o Mercedes do peixeiro? Não", disse aquele homem que ficara com a voz do meu pai ou com uma gravação da voz de meu pai; "vendi-o ontem à tarde." Schuffenecker era vendedor de carros usados.

Foi então que pneus chiaram sobre o cascalho da entrada da casa e me aproximei da janela: meu tio havia chegado. Fora do carro, com um pacote na mão, inspecionava o Alfa Romeo. Dizia alguma coisa, mas só era possível ver sua boca se mexendo. A campainha soou; a careta que minha irmã fez foi uma ordem para eu abrir a porta. "Boa-tarde", disse tio Adolfo. Schuffenecker esqueceu a televisão, levantou-se do sofá, estendeu a mão para meu tio. "Adolfo Schuffenecker", apresentou-se. Via as costas de meu tio Adolfo, ouvia a voz de Adolfo Schuffenecker; parecia-me que reencontrava meu pai alarmantemente dividido, como um daqueles figurantes que atuam com os mágicos e que são cortados com uma serra, mostrando ao público a cabeça falante em um caixote, os pés mudos em outro. Meu tio girou a cabeça: as sobrancelhas arqueadas também eram de meu pai.

O aspecto de meu tio não era saudável. Tinha os traços imprecisos de quem dormira pouco e mal, o olhar suplicante, as mãos meladas, segurando seu pacote envolto em fino papel de presente estampado com faixas negras e prateadas. "O senhor se interessaria por um Alfa Romeo? Está novo e bem cuidado. Pertencia a uma executiva da Chanel." "Vai demorar?", perguntou meu tio à minha irmã. "Vou, tio Adolfo. Terei uma entrevista de trabalho com o senhor Schuffenecker." Nesse ponto da conversa me retirei à piscina: a camada de folhas, galhos, plásticos e pó das obras começava a coalhar e solidificar-se como uma máscara monstruosa. Quantas folhas teriam se acumulado sobre a piscina? Recordei-me de quando o dono da Villa

Azores, um português, ameaçou com uma escopeta de caça o dono da Villa Margarita porque as folhas das árvores da Villa Margarita caíam no pátio da Villa Azores. O estalido levíssimo da porta se abrindo ou fechando alterou meus nervos, como se o português tivesse disparado sua arma. As costas entristecidas de meu pai avançavam para o Renault de meu tio Adolfo. Tio Adolfo conservava nas mãos suaves o pacote de papel negro e prata. Mas, quando Schuffenecker saiu da casa duas horas mais tarde, o vendedor de carros usados também tinha as costas do tio Adolfo, os cabelos em desalinho que no dia anterior eu havia visto em tio Adolfo e as sobrancelhas seguras de tio Adolfo. "Adeus", disse com a voz de meu pai. Minha irmã o despachava atrás da janela fechada de seu quarto.

8

Três dias depois se apresentaram na casa o nariz, a boca e as mãos de meu pai. Era sábado, e eu podia ler no sofá a enciclopédia dos animais oceânicos e ouvir música clássica no rádio e ver a televisão sem som — gostava do zumbido que saía do televisor quando o deixava no mudo —, livre da digna malevolência de minha irmã, sinceramente preocupada com minha vida escolar — os sábados me salvavam dos ônibus, da minúscula casa de máquinas da piscina e do vaguear sem fim de indivíduos que me olhavam como se estivessem dispostos a me atacar ou como se temessem ser atacados por mim, naquela época, um menino inseguro. Levantei por um instante a vista do parágrafo que falava dos enormes peixes sem olhos das mais profundas profundidades, vi na televisão bandeiras tensas e ondulantes ao vento, me perguntei mais uma vez pela identidade do misterioso proprietário do Peugeot.

Havia despertado de madrugada, me aproximado da janela e descoberto o Peugeot que saía do jardim; ele se deteve depois do portão e desceu um homem sob uma capa de chuva, o rosto semioculto por um capuz. As lâmpadas das obras revelavam uma chuva tão silenciosa e persistente quanto a própria noite. O homem fechou o portão da casa, voltou ao Peugeot e aí ligou os faróis: duas colunas de luz se encompridaram até uma montanha de entulhos; as luzes vermelhas resplandeciam como peixes em um aquário iluminado. Quando o automóvel arrancou, os operários interromperam sua labuta, o braço do guindaste se imobilizou, como se saudassem, despachando-o, um príncipe ou um magnata. A paralisia afetava tudo, salvo o carro que se distanciava. Fui ao corredor; pela janela dos fundos chegava o resplendor das lâmpadas, e isso me alarmou — o hábito não impedia minha cisma assustada — a trama de sombras que se desenhava no teto e nas paredes. A porta entreaberta do quarto de minha irmã, misteriosa, me atraiu. Aproximei-me, cauteloso, em segredo, do quarto escuro. Minha irmã olhava pela janela, nua. Fiquei contemplando-a não sei por quanto tempo, até que ela percebeu minha proximidade, a de um ser calado e concentrado em uma oração. Sem virar-se para mim disse: "Vá se deitar."

Naquele momento descia do quarto — se levantava da cama bem depois da hora da refeição. Perder o almoço, segundo ela, lhe servia para conservar a figura esguia — resplandecente em um primaveril vestido rosa, com uma jaqueta azul. Parecia a funcionária encantadora de uma doceria-sorveteria moderna. Há vários dias usava cosméticos caros, cosméticos que, quando aplicados, não eram perceptíveis, mas criavam efeitos admiráveis. As listras dos suéteres combinavam com as listras das meias. Para o café da manhã, abacaxi molhado em suco de laranja e não renunciava ao café com torradas. Na tarde anterior despachara com desculpas tio Adolfo e Schuffenecker, e saíra com o coronel cuja nuca, sob a boina regulamentar, me recordou imediatamente a nuca de meu pai: era impressionante observar a nuca do coronel enquanto meu tio falava diante de mim, aconselhando minha irmã a ir com ele visitar tia Esperanza; era como ver uma nuca que coroasse o peito de um homem, e não as costas. Schuffenecker rogava que minha irmã lhe concedesse uma nova entrevista de trabalho, e eu consegui fazer com que o coronel ficasse ao lado de meu tio, ombro a ombro — para mim foi um consolo unir aquela nuca e aquelas costas paternas, enquanto ressoava a voz que Schuffenecker roubara de meu pai.

Minha irmã se sentou ao meu lado, pegou minha mão, me disse: "Gosto de ouvir você ler." E então bateram na porta. Afastei o fascículo da enciclopédia, olhei pela janela: um táxi partia em silêncio em meio ao rugido das britadeiras; um cavalheiro esperava sobre o capacho de borracha com uma caixa de torta nas mãos: reconheci aquelas mãos. Eram as mãos de meu pai. E a boca e o nariz, sob o olhar levemente estrábico e azul, também pertenciam ao rosto de meu pai. Mantinha as mãos sobre as pernas cruzadas com elegância anglo-saxã, falava pausadamente acerca de uma antiga relação profissional com nosso pai, disse que estava muito interessado nas atividades de minha irmã. A alusão às atividades de minha irmã me pareceu muito enigmática. Mas eu gostava de acompanhar os movimentos de uma boca que me era familiar e da qual saía uma voz lenta, quase retardada, como se o homem não fosse real, e sim uma imagem de um filme no qual o som fosse mal sincronizado, e era reconfortante que o habitual estrondo das máquinas não repercutisse no tom de sua voz. Pa·

recia que aquele homem havia passado a vida inteira na casa, submetido ao fragor das verrumas, habituado ao gesso e ao cimento que flutuava no ambiente. O nariz aguentava impertérrito, sem um espirro. A caixa da torta vibrava quase imperceptivelmente sobre o televisor. Na tela muda, um médico conversava com uma mulher agonizante conectada pelas veias a tubos e aparelhos. A agonizante mostrava um ânimo e uma cor excelentes.

Eu desejava que tio Adolfo, Schuffenecker e o coronel da nuca vigorosa aparecessem e coincidissem com a boca, o nariz e as mãos do recém-chegado. Veria meu pai se materializar diante de meus olhos, aqui o nariz, ali a nuca e acolá as sobrancelhas e as costas, e a voz soando como se saísse de uma caixa de som, como testemunhos enviados pelos sequestradores aos familiares da vítima, provas de que continua vivo. "Permitem-me fumar?", perguntou o cavaleiro. "Faça o que quiser", respondeu minha irmã. "Estou pronto", disse o homem com o sorriso amplo que pertencia a meu pai. Fazia tanto tempo que meu pai não fumava! Os fortes dedos afilados de unhas polidas aproximaram com desenvolta exatidão o cigarro da boca. Calávamos e ouvíamos, sepultado sob o ruído das obras, o rangido dos móveis nos quartos, a inalação da fumaça do tabaco. "O senhor voltará?", perguntou então minha irmã em tom de despedida, embora Devoto — assim se chamava a encarnação das mãos de meu pai — aparentasse sentir-se muito cômodo. "É o que estou desejando", respondeu Devoto, ficando de pé como um autômato. "Eu o espero, senhor Devoto; hoje tenho outras obrigações", informou minha irmã. Outras obrigações? Entendi-a quando, sucessivamente, irromperam no jardim o Renault do tio Adolfo, um Rover magnífico dirigido por Schuffenecker, o Ford do coronel.

A vida misteriosa de minha irmã crescia em proporção direta ao aluvião de propaganda de hotéis que surgia de surpresa em minha casa. Não era difícil encontrá-las sobre o televisor ou o rádio, em copos, lugares nunca limpos, dentro de um sapato sujo, um cinzeiro do hotel Monterrey, fósforos com publicidade impressa, uma toalha no porta guarda-chuvas com o monograma do hotel Califórnia. "Posso pedir um táxi?", interrogou a boca que era de meu pai. "Não temos telefone", disse minha irmã a Devoto, sustentando entre os dedos o fio cortado do aparelho que pendia sobre o aparador. Vi Devoto se afastar entre a poeirada e as explosões das obras, encolhido, apesar da superioridade forçada, como uma pupila que recebe de repente uma avalanche de luz, o choque de um refletor de interrogatórios. Procurava um táxi como outros procuram, à meia-noite, uma farmácia ou um bar.

Convenci Schuffenecker a me levar para dar uma volta no Rover e pedi a meu tio que nos acompanhasse. Olhares imperiosos de minha irmã que falavam, explícita e compassivamente, de meu desvalimento de órfão forçaram os visitantes a satisfazer meu desejo. O Rover pôs a prova seus amortecedores entre montanhas de restos de imóveis derruídos, driblando betoneiras, niveladoras e escavadeiras, enquanto eu, no assento traseiro, cravava os olhos nas costas de meu pai e ouvia sua voz: Schuffenecker, ao volante, explicava minuciosamente a tio Adolfo as vantagens do esplêndido carro em que viajávamos. "No entanto", explicou Schuffenecker, "os automóveis não são minha paixão, e sim os livros." Decidi intervir na conversa para ganhar tempo — queria beneficiar o coronel; uma nuca como a dele seria difícil de recuperar se a perdêssemos. "Quero ser romancista", eu disse. "Romancista?", perguntou, surpreso, tio Adolfo, que sabia perfeitamente que minha vocação era a de explorador submarino. "Sim", assegurei, enquanto me perguntava quantos minutos minha irmã precisaria para fugir com a nuca de meu pai; "já escrevi trinta romances." "Trinta romances?", fingiu interessar-se a voz de meu pai. "Um tratará de um homem, outro de uma mulher jovem, outro de uma mulher velha que conhece uma mulher jovem, outro de um homem que conhece uma mulher jovem que era amiga de uma mulher velha." "Não deveríamos voltar para casa?", me interrompeu meu tio, no momento em que vimos desabar o que restava da Villa Rosa. "Outro romance trata de minha irmã: será um romance histórico", acrescentei. Schuffenecker apertava um botão para que jatos d'água regassem o vidro coberto de pó do Rover, punha para funcionar os limpadores do para-brisa. Parecia que havíamos avançado por um território em guerra, entre demolições, bombardeios e escavadoras de trincheiras. Atravessamos o portão da casa com o consolo de quem encontra por fim asilo na representação diplomática de um país neutro.

O Ford do coronel desaparecera do jardim e a casa estava deserta, embora o rádio estivesse ligado e na televisão emudecida exibia um grupo de ciclistas pedalando. Schuffenecker e tio Adolfo se olhavam com a desolação de dois logrados que se encontram na sala de espera de uma delegacia, dispostos a denunciar um mesmo caloteiro. Então, dissimuladamente, passei a Schuffenecker uma caixa de fósforos com propaganda do hotel Niza. — O vendedor de automóveis usados achou que descobria em meu rosto a expressão lamacenta e torta dos informantes da polícia. A única coisa que se plasmava em minha cara era a insegurança inevitável do mentiroso que não confia nos resultados

dos próprios embustes. Mas meu estratagema não funcionou: Schuffenecker pretextou uma ninharia e saiu disparado a bordo do Rover descomunal para o hotel Niza. Fiquei com meu tio, que se ofereceu para me convidar ao cinema. Odeio cinema. Parece-me terrível fechar-me às escuras com uma multidão de estranhos. Eu lhe disse que esperássemos minha irmã.

Estávamos tão calados ouvindo o rádio e o ruído das obras que sentimos a freada do carro, as pisadas no gramado e no cascalho do jardim, a chave entrando na fechadura e girando, o estalar dos mecanismos da fechadura. Minha irmã apareceu, pálida como se a houvessem desgastado o clima e o roçar dos objetos, lívidos os lábios de menina enferma e caprichosa. "Estou me sentindo mal", saudou, e ordenou em seguida: "Leve-me para a cama." Ia acatar sua ordem — suas ordens sempre foram desejos para mim — quando me disse: "Você não." E me estendeu uma cédula: "Vá ao cinema." Ela não ignorava meu ódio pelos cinemas enormes e tenebrosos. "Não quero", retruquei, os olhos fixos nos sapatos planos dourados que estreava, devolvendo-lhe a cédula. "Engula-a e parta." "Sua irmã está passando mal", justificou-se tio Adolfo, em pé no primeiro degrau das escadas que levavam aos quartos. Fui à cozinha, enchi um copo de água, fiz uma bola com a cédula e engoli-a. Mas fiquei em casa.

9

Vi, pela fresta da porta, as costas desnudas de tio Adolfo como as costas desnudas de meu pai. Não as costas brancas que ressaltavam alguns pelos perto dos ombros e que minha irmã ensaboava com uma esponja amarela e esfregava com a toalha cor de damasco nos dias anteriores à noite em que apareceram os homens da ambulância para carregar o cadáver do enfermo. Eram as costas que bronzeava à beira da piscina nas manhãs de sol. Até mesmo nos longos domingos invernais meu pai era capaz de vestir a sunga e mergulhar na água gelada — um jardineiro então limpava a piscina —, e depois ficava deitado sobre as pedras como um atleta esgotado pelo esforço dos treinamentos. Meu pai voltaria? Bastava-me a presença cindida de sua boca e suas mãos, de uma nuca, do simulacro de sua voz na voz de Schuffenecker, das costas de tio Adolfo, de suas sobrancelhas. Fixei-me na sobrancelha esquerda de tio Adolfo, a sobrancelha de meu pai, adormecido de perfil, o peito amassando os lençóis celestes, na cama de minha irmã, ao lado de minha irmã. Não apareceria no futuro alguém que tivesse as pernas e os braços de meu pai, a testa de meu pai, todas as suas feições, sua energia? Então minha irmã pegou a cabeça de tio Adolfo e virou-a para a parede, como se a incomodasse que o rosto dele permanecesse voltado para ela. Depois se ergueu alguns centímetros e me viu.

Olhamo-nos sem um gesto, sem um sinal, como quem se encontra por casualidade em um lugar abjeto onde não queria estar ou em que, pelo menos, não queria ser flagrado. Olhávamo-nos com cumplicidade e rejeição, com maldade e piedade, plenos de vergonha e ânsia de esquecimento. Mas rapidamente minha irmã recuperou sua permanente expressão de fastio, rodeada de indesejáveis — eu não era o principal indesejável dos indesejáveis — que embaçavam a bela conduta a qual a destinavam suas qualidades, desterrada — não por suas culpas, mas pela culpa dos indesejáveis — da normalidade resplandecente que deveria ser sua vida. Chegamos, sem uma palavra, ao acordo tácito de que jamais falaríamos sobre aquele veloz instante ancilosado, o instante em que dois guerreiros descobrem o fundo dos olhos inimigos antes de assestar-se mutuamente uma machadada ou uma punhalada.

Fui me esconder, com a torta que o senhor Devoto nos presenteara, na casa de máquinas da piscina. Era uma torta branca em que haviam incrustado um círculo de morangos. Um impulso levava meus dedos aos morangos, outro impulso os retirava. Não tocaria os morangos, não tocaria a torta. Comia pouco e a simples ideia de comer me parecia repugnante: estava certo de que, se aguentasse ficar em jejum, alimentando-me com água, leite e laranjas, no prazo de um mês me elevaria do solo, poderia caminhar sobre a folharada da piscina sem afundar. Decidi fazer um teste. Peguei a torta e a longa empunhadura da redinha metálica que, em outro tempo, fora utilizada para caçar as folhas caídas na piscina. Saí da casa de máquinas e, usando a rede — uma espécie de raquete de tênis com empunhadura comprida —, coloquei, com o cuidado com que se ergue um castelo de cartas, a torta de morango no centro da crosta de folhas e dejetos que cobria a água da piscina. A torta se manteve sobre as águas quietas.

Anoiteceu e eu tombei na espreguiçadeira tiritando de frio à luz esbranquiçada e clínica, de vazio estádio nublado, dos refletores da obra. Olhava fixamente a torta: havia mesmo afundado alguns milímetros como uma catedral que, de ano a ano, cedesse à inconsistência do terreno em que a haviam construído? Fechei os olhos, abri os olhos: pareceu-me que algo mais havia afundado. E então alguém apareceu na porta da casa. Não o vi, mas pude ouvi-lo. E era meu tio com o cabelo molhado e em desalinho, as costas erguidas e airosas, e alcançou seu carro e arrancou e partiu sem parar para passar o ferrolho no portão. Uma hora depois, quando a água molhava o chantilly da torta, foi seguido por minha irmã — havia colocado um laço azul nos cabelos, o vestido de costureira azul-claro. A batida forte da porta do Opel me sobressaltou de modo inexplicável. Voltei a olhar a torta e não estava mais lá. Perguntei-me se havia se evaporado por causa do halo de violência exalado por minha irmã ou se havia afundado.

Imaginei que ia buscar o homem do Peugeot antigo, e por isso me dispus a esperá-la. Não queria que me descobrisse à espreita. Fechei-me em meu quarto, em pé ao lado da janela devidamente trancada, determinado a não ceder ao sono insistente. A poeirada levantada pelos obreiros, que graças à ação do vento formavam redemoinhos, era iluminada pelos refletores. Em um relâmpago me surpreenderam os cavalos da máquina giratória que havia aparecido na televisão, os violentos cascos metálicos dos cavalos sorridentes que subiam e desciam enlouquecidos. Estava dormindo em pé? Sofria um pesadelo? Havia me ilhado em um carro preso em uma garagem com as janelas hermeticamente fechadas; sentia uma presença física que, no entanto, não via. Mãos enluvadas em couro negro ou sustentando um tecido alcatroado se preparavam para me asfixiar. Acordei de barriga para baixo, o rosto contra o travesseiro. Um carro arrancava lá fora. Atirei-me à janela. O Peugeot já havia deixado a portão para trás, partia. "Espere, espere!", gritei. Do lado de fora me veriam — se alguém me via — como uma das figuras que se agitavam na tela da televisão sem som.

"Quem é? É papai que voltou?", perguntei muito perto da orelha sem brinco — não havia nem mesmo a marca do furo —, e acordei-a. Minha irmã estava feliz, como se saísse de um bom sono. "É Martín, Martín, Martín." Martín? Ficara louca? E enfiou a mão debaixo do travesseiro e tirou a fotografia: minha irmã e um imberbe que me superaria em poucos anos posavam de braços dados diante de um carrossel parado, e os cavalos sorriam com os cascos ao ar, atravessados por rutilantes tubos niquelados. "É Martín", repetiu, arrebatada por uma obsessão, e do pescoço de Martín pendia a corrente com o anel do meu pai. "O que você fará com papai? O que há com o tio Adolfo e Schuffenecker e o homem que tem a nuca do papai e o homem que tem as mãos do papai? Não eram enviadas por papai?" Minha irmã me disse: "Você ficou louco." Abraçava-me, e, atrás de sua cabeça, vi a parede escura e a treva refletida no espelho, e as coisas quase invisíveis e obstinadamente mudas, e no teto a sombra do guindaste, e os corpos negros que pareciam sombras, mas não eram sombras, e sim os próprios corpos no espelho. Pensei que devia responder, e ao mesmo tempo me tapava a boca uma rígida obrigação de me calar. As lágrimas de minha irmã me caíam sobre o ombro: manchavam-me a camisa e eram cálidas como a urina de um animalzinho

Adormecemos juntos. Havia um ser frio que se deitava comigo durante as noites me tocava e não me deixava dormir de espanto, mas então adormeci sem me dar conta e tive um sonho. Sonhei que o Peugeot saía da casa e que eu ia ao quarto de minha irmã e perguntava pelo dono do Peugeot, e minha irmã me exibia a foto de Martín, e me abraçava e chorava, e adormecíamos juntos. Sonhei com exatidão o que havia acontecido e o que estava acontecendo. Pela primeira vez em minha vida pude ver o rosto que tenho enquanto durmo.

10

Aos domingos interrompiam as obras e nos despertava a inabitual ausência de ruídos. Antes de abrir os olhos, lembrei que estava no quarto de minha irmã, na cama de minha irmã, e adivinhei que minha irmã não estava no quarto. Eu ocupava a depressão que outro corpo havia escavado nos lençóis e me lembrei então da noite em que havia tombado no sofá que o moribundo acabara de deixar vazio. Mas, na ocasião minha toca não era uma fossa, e sim um paraíso feliz e fugidio, já quase perdido naquele momento. Abandonei a cama quente, vesti o roupão amarelo de minha irmã, desci até a sala. Minha irmã — tinha os cabelos molhados e os dedos esticados, recém-pintados com o esmalte de unhas incolor, e usava o vestido rosa — olhava para a televisão emudecida, um passeio de discretíssimas aves pernilongas pelas águas lisas de um lago. "Você vestiu meu roupão", disse, embora nem sequer tivesse me olhado. "O amarelo torna-o mais branco." E me descobri pálido no espelho, como se tivesse sofrido uma hemorragia enquanto dormia.

Então começou a ser ouvido o motor do carro. Sei que minha irmã o ouvia tão bem quanto eu, ainda a quilômetros de distância, mas permanecíamos calados, os olhos na televisão muda, hipnotizados pelas longas patas e os longos bicos dos pássaros. Minha irmã tinha a arrogância de quem se determinou e se submeteu a um projeto; mas nos lábios — entre os lábios relampejavam de repente fortes dentes brancos — lhe restava um resto de vulnerabilidade, o temor de poder ser ferida. O carro avançava em direção à nossa casa, parava diante do portão. Minha irmã e eu nada dizíamos, dois cúmplices cercados que percebem sem uma palavra, entendendo-se telepaticamente, a chegada dos policiais. A buzina soou três vezes e três vezes mais. Minha irmã me fez um sinal com a mão para que eu não me mexesse. Levantou-se da poltrona — uma lixa de unha apareceu na poltrona quando minha irmã se levantou —, saiu da casa. Ajoelhado no sofá do morto espiei, através de um vidro, que minha respiração embaçava pouco a pouco, o que acontecia no jardim.

Minha irmã não abrira o portão. Schuffenecker apeava de um Autobianchi mínimo. A porta metálica, ao ser fechada, ressoou como um gongo que alguém agarrasse para que não pudesse vibrar. Ouvi ao longe a voz de meu pai: "O que está acontecendo? Você não me deixará entrar?", mas não ouvi as explicações de minha irmã, que, com os cabelos molhados, parecia suportar uma chuva invisível e mágica que só caía sobre sua cabeça. Schuffenecker, a voz de meu pai, proclamava seu azar, contava a visita de um astrólogo, as notícias nada tranquilizadoras que o astrólogo anunciava. Minha irmã cruzava os braços, os dedos sempre esticados e separados, como se se envolvesse em si mesma com certa rigidez; eu a via de costas, separada de Schuffenecker pelo portão, e as pontas de seus dedos se destacavam como se quisessem me transmitir uma mensagem impressa nas impressões digitais. "Não, não, nunca", ouvi, nítida, a voz de minha irmã. "As pernas me doem", Schuffenecker quase berrou.

Diante do edifício Inglaterra, encapuzado por imensas lonas azuis, laranja e amarelas, parou um táxi. Um indivíduo com um pacote branco desceu do veículo. O homem de terno cor de madeira que se aproximava de nossa casa enquanto Schuffenecker exigia seu direito de se sentar durante alguns minutos em uma cadeira cômoda era o comedido senhor Devoto. "Deus meu", disse minha irmã, e ouvi cair os ferrolhos e as correntes do portão. Afastei-me sem pressa da janela, voltei à minha poltrona, fingi que a única coisa que achava interessante no mundo era a imagem do caracol que, na tela da televisão, escalava um esbelto talo verde. As pernas de bailarino de Schuffenecker coxeavam, de fato, ostensivamente, vitimadas pelos maus augúrios do astrólogo. Depois de Schuffenecker surgiu o senhor Devoto, com a atitude da aranha que, no canto de um porão bagunçado e imundo, tece elegante e higienicamente sua teia geométrica. O caracol acabara de alcançar uma folha pela qual se arrastava traçando uma linha de baba. Minha irmã pegou a televisão — não se incomodou em tirá-la da tomada, e uma pálida luz verde, azul e amarela tingiu-lhe a cara e o peito como se abraçasse uma lâmpada ou uma grande lanterna — e disse: "Aqui a tem, Schuffenecker." A voz de meu pai soou irritada e desfalecida: "Não é justo, não." A boca de meu pai permaneceu, no entanto, imóvel no rosto hierático do senhor Devoto.

Schuffenecker pegou a televisão ligada e saiu coxeando da casa. Diante da porta escancarada parou. O fio do televisor se tensionou ao máximo. Então depositou com extremo cuidado o televisor no capacho de borracha. O caracol, em uma imagem aclarada pela luz plena do meio-dia, me olhava fixamente do chão do vestíbulo. Ouvimos em silêncio a partida de Schuffenecker: jamais voltaria a receber o presente da voz de meu pai. O peludo senhor Devoto só parecia prestar sua atenção estrábica ao filme sobre a vida dos caracóis. Minha irmã fechou a porta com uma batida, foi à cozinha, voltou com a caixa da torta de morango nas mãos. Pôs a caixa branca e rosa em cima da mesa. Não percebera que estava vazia? Devoto colocou, ao lado da caixa da torta, uma caixa envolta em papel de confeitaria que devia estar cheia de doces. Pensei na torta de morangos desfazendo-se no fundo lodoso da piscina coberta pela folharada; na escuridão dos bolinhos dentro da caixa, roçando-se uns nos outros, nata com merengue e creme com ginjas, azedando-se pouco a pouco no segredo silencioso com que as pessoas envelhecem na solidão dos aposentos entediados, e amadurecem e apodrecem os frutos nos galhos ou nas vasilhas da despensa.

Os olhos azuis e desviados do senhor Devoto se umedeciam sobre o nariz e a boca de meu pai. "Temo que tenha havido um mal-entendido, senhor Devoto", disse minha irmã. "Eu agradeceria se levasse sua torta." Devoto protestou com o amortecido tom monótono de quem está habituado a suportar uma estrita disciplina. Parecia que falava consigo mesmo enquanto juntava as mãos de meu pai, separava-as, formava uma tigela com os dedos, juntava o indicador e o polegar da mão direita como se fossem pinças fervidas. Concluiu: "Não acho estranho que você me considere entediante e não admita minha amizade." Fechou o punho como se esmagasse um copo de papel e se levantou aborrecido da cadeira, um homem poderoso que, no momento conveniente, consegue se disfarçar de subordinado. Então minha irmã disse: "Está enganado, senhor Devoto; sinto admiração pelos homens que sabem ser entediantes." Durante um segundo, Devoto aparentou estar morto ou petrificado; depois pegou a caixa da torta: perceberia por sua leveza que não havia nada ali dentro, mas, modelo de educação, não disse uma palavra a respeito. "Obrigado", foi a saudação definitiva, uma despedida que transbordava estilo e cortesia.

Quando minha irmã abriu a porta, na tela do televisor ligado sobre o capacho de borracha atraiu minha atenção a cena de um homem que, com uma caixa branca e rosa nas mãos, atravessava uma porta. Devoto evitou tropeçar na televisão, cruzou parcimoniosamente o jardim. Chamei-o; virou o rosto, e pude ver pela última vez a boca e o nariz de meu pai — meu pai se desfazia irremediavelmente. "O que você deseja, meu filho?" A sombra de Devoto continuava andando, embora Devoto estivesse quieto. Ululavam sirenes. Não respondi, e Devoto alcançou sua sombra. Uma coluna de fumaça se elevava aos céus na zona dos edifícios Noruega, Dinamarca e Finlândia. Corri até o portão e adiantei-me a Devoto. Minha irmã permanecia impassível ao lado da televisão. "Não afronte riscos desnecessários", disse Devoto, misteriosamente, ao passar ao meu lado. Os caminhões dos bombeiros eram instantâneos arranhões vermelhos, clarões alarmantes amarelos e azuis sobre as lonas que protegiam o edifício Inglaterra. Devoto se distanciava em direção do telefone público do posto de gasolina, abatido como um expulso de um país onde buscava asilo. Mas, andando em direção às chamas, não parecia sentir pena de si mesmo, mas sim certa descontração, a agilidade de quem ignora as leis dos intercâmbios entre os seres humanos. Teria Schuffenecker incendiado, cego de despeito, a Urbanização Continental?

Entrei na casa. A porta estava aberta e minha irmã olhava absorta, na televisão, uma longa rua de fileiras ininterruptas de casas de tijolos, um cais ao fundo, um fragmento de transatlântico. A caixa que Devoto trouxera como obséquio estava aberta, minha irmã devorava um doce. Fazia frio e era agradável ouvir as sirenes dos bombeiros e as viaturas policiais. Carreguei o televisor e coloquei-o na mesa. Quando estava em meus braços, ouvi, saindo muito débil dos alto-falantes do aparelho, o motor de um carro e o conselho de uma mulher que dizia: "Faça, faça." Fechei a porta e as sirenes se distanciaram, como se o simples movimento de fechar a porta tivesse trasladado a casa de lugar, a 10 quilômetros da fumaceira. Escolhi um bolinho de chocolate. Minha irmã tinha uma pitada de nata na ponta do nariz e começava a mordiscar um doce de nozes.

11

Eu gostava da forma que o pé adquiria ao ser enfiado na meia enovelada: o pé se estreitava e alongava, enquanto a meia — que os dedos tocavam com cuidado — subia pela panturrilha, dobrava-se no joelho flexionado, cobria a coxa. Uma vez bem esticadas as meias, minha irmã se olhou no espelho: não estava satisfeita com a calcinha que acabara de vestir. Rebuscou em uma gaveta, tirou umas calcinhas brancas — minha irmã só usa calcinhas brancas —, despiu as que havia vestido. Embora só as tivesse usado por alguns minutos, o elástico lhe deixara uma marca suave. "O que você está olhando?", perguntou minha irmã.

"A calcinha lhe deixou uma marca", disse. "Me espere lá embaixo", foi sua resposta.

Minha irmã dirigia com uma mistura inquietante de precaução, insegurança e tranquilidade. O Opel solavancava sobre o asfalto destruído pelas britadeiras, pulava; tinha que me agarrar ao assento para não bater a cabeça contra o teto ou o para-brisa. Tinha ficado nublado, mas a névoa era pouco densa e só se fazia visível diante dos faróis, misturada à poeira levantada pelos pneus. Não sabia para onde minha irmã me levava e o anoitecer, a névoa e alguns faróis que se aproximavam de nós, filtrados como o sol através de um toldo, me davam a sensação de uma viagem na madrugada, meio adormecido, embora estivesse perfeitamente desperto.

Cruzamos com o carro que vinha na direção contrária. Pelo retrovisor vi o carro parar abruptamente: as luzinhas vermelhas do pisca-pisca brilhavam como se estivessem indicando que havia um buraco no meio da estrada possivelmente aberto pela nossa passagem. E logo o carro nos perseguia em marcha a ré. "Maldito seja", disse minha irmã. O carro nos alcançou, nos roçou, freou de novo — a buzina não parava de soar. Minha irmã se deteve. Segurava o volante com tanta força que os nós dos dedos ficaram brancos; um branco ressaltado pela cabine escura do Opel. Constatei no retrovisor que o carro que se obstinava em nos alcançar era o Renault do tio Adolfo. Tio Adolfo falava agora do outro lado da janela, mas minha irmã não abaixava o vidro e mantinha os olhos cravados no para-brisa. Não olhava o esqueleto do edifício Hungria, e sim o próprio para-brisa, do qual começou a raspar com uma das unhas uma mínima partícula branca. Tio Adolfo era uma imagem na tela silenciosa do televisor de Schuffenecker. Arqueava com extrema distinção as sobrancelhas de meu pai. Então minha irmã moveu a manivela e o vidro da janela começou a descer e a voz de meu tio irrompeu no carro, acima do ruído dos motores, tangível como uma corrente de ar. "O que você está fazendo? Não me reconheceu?", repetia. "Volte acompanhado pela irmã de meu pai", disse minha irmã. "Não apareça mais sozinho." E arrancou, expelindo uma poeirada. No retrovisor, no meio da poeira, da fumaça do cano de escapamento e da névoa, meu tio era uma aparição, um fantasma prestes a se esfumar.

"Deu a volta; está ali atrás, maldito seja", disse minha irmã, acelerando e reduzindo em seguida para dobrar e entrar no posto de gasolina. Bati a cabeça no para-brisa dianteiro: foi como quando, em um aposento apagado, damos de cara com uma coluna. Meus olhos estavam irritados e via as luzes do posto escorridas e dançantes, lanternas sobre a água, faróis em uma rua regada ou inundada. Os néons e os anúncios luminosos do posto de gasolina estavam ganhando forma quando o Renault nos acometeu sem muita força, como se quisesse nos advertir de que existia e havia nos seguido. Minha irmã — tinha os lábios entreabertos e seus dentes rangiam — acelerou, parou o carro, pegou a bolsa de couro preto, saiu ao frio da noite nublada. Dentro do Opel, sozinho, observando meu tio alcançar minha irmã já perto do telefone público, senti que ficava gelado.

Falaram e falaram. Meu tio roçou uma das mãos da minha irmã que, inacessível, afastou-a. As costas do meu pai afundavam sob o peso de um fardo excessivo. As cifras passavam voando nos relógios da bomba de gasolina da mesma forma que eu havia visto passar páginas de almanaque em um filme do televisor de Schuffenecker. Então minha irmã pegou o fone, sustentou-o entre o ombro e o rosto, procurou umas moedas na bolsa, colocou-as na ranhura. Pareceu-me emocionante o modo como meu tio passou a mão pelo queixo e depois pelos cabelos; em seguida desligou o telefone de minha irmã, deu meia-volta e se encaminhou ao Renault. "Para quem você ia ligar?", perguntei a minha irmã no momento em que entrávamos na avenida dos Embaixadores e começava a chover. "Para a mulher daquele porco", respondeu, e ligou o para-brisa.

Paramos em frente aos galpões do mercado de atacadistas. Minha irmã se assegurou de que eu fechava a porta do carro e começou a andar sob o aguaceiro, sem pressa, em direção aos armazéns de carne. Tudo estava em silêncio. As solas de nossos sapatos soavam, estalavam ao grudar e desgrudar da calçada molhada. Parou diante de uma grade alta e negra, tirou uma chavinha da bolsa. Não me dirigia uma palavra. Cruzamos um pátio estreito e cinza, um corredor interminável; paramos diante de uma porta metálica sobre a qual resplandecia uma luz vermelha. Usou outra chave. Atravessamos uma sala frigorífica na qual a respiração virava fumaça e onde guardavam, pendendo de ganchos agudos, dezenas de animais degolados e estripados. Minha irmã planejava também se desfazer de mim? Temia ficar congelado, mas aí chegamos à saída. A chuva continuava caindo, lenta e irreal, no pátio interno em que agora esperávamos que minha irmã conseguisse abrir uma nova porta, mas eu não notava que me molhava, como se a água caísse em outro lugar ou em outro tempo. E ali estava estacionado o Peugeot que havia me despertado durante tantas noites.

Subimos escadas de caracol, minha irmã girou a maçaneta de outras portas, percorremos aposentos vazios, sem móveis, nos quais minha irmã, ao entrar, acendia pálidas lâmpadas sujas. Vi um facho de luz na base de uma porta que minha irmã abriu de repente. Era um banheiro envolto em vapor, onde alguém se banhava atrás de um biombo transparente. "Martín, eu estou aqui", disse minha irmã. "Já vou sair, já vou sair." Agora estávamos em uma espécie de escritório em que as mesas e as paredes estavam repletas de folhas e mais folhas de árvores oprimidas entre pranchas de vidro. Havia folhas sobre as quais haviam vertido cruelmente líquidos especiais até que ficassem translúcidas para que exibissem melhor as nervuras. Os nervos se abriam como se fossem barbas de uma pena de pássaro, ou dedos de uma mão esticada, ou uma rede de veias. Tudo parecia pulcro, as coisas endureciam enquanto eu adquiria consciência de que estava empapado e hirto. Então minha irmã me deu uma toalha cor de abricó e, secando os cabelos, descobri, entre papéis e cadernos, em cima de um prato, uma casca e um pedaço de maçã oxidada, e um suéter de lã grossa sobre uma poltrona de vime; parecia um animal abatido.

Martín me chamou pelo nome. Ele também estava enxugando os cabelos, como se duplicasse minha imagem. Mas, explicando-lhe que os nomes das pessoas — meu nome sempre me aborreceu — não resumem nem simbolizam torçosamente seu caráter . manias, taras e virtudes, observei que era muito alto, de pele bronzeada e limpa, quase louro. Das janelas de minha casa havia lhe atribuído uma estatura me nor. Martín vestiu sobre uma camiseta branca que mostrava um veleiro desenhado e tinha escrita a frase *Viva a costa* uma camisa azul-clara, e seu rosto mudou rapidamente; seu rosto mudava sem parar; não era uma cara que ficasse fixa nem um segundo, e por isso, para não ficar mareado, evitava olhá-lo. Nem mesmo vi quando acendeu o cigarro; vi como o passava para minha irmã, que imprimiu uma mancha rosa no filtro. Procurando o pacote de tabaco do qual havia tirado o cigarro, detive os olhos na luminária, no filamento incandescente da lâmpada. Fechei os olhos: via, na negrura dos olhos fechados, o rosto de Martín. Mas, ao abrir os olhos de novo, o rosto que eu havia visto não era o rosto de Martín.

"Vamos ser amigos", dizia. Eu acabara de identificar uma das folhas que Martín havia encerrado entre vidros: pertencia à nespereira de nosso jardim. "É claro", concordei. Martín e minha irmã conversavam agora sobre as nervuras das folhas — quis entender que Martín dedicava sua atenção e sua vida às folhas das árvores — e, quando olhavam para o lugar onde eu estava, o faziam com uma expressão que me obrigava a pensar que ou não me viam ou eu havia me vaporizado e não estava mais ali. Aproveitei minha invisibilidade: um minúsculo inseto avançava sobre um papel imaculado sob a luz direta da lâmpada; estiquei o dedo indicador da mão direita e esmaguei-o. Senti com horror seu volume imperceptível tocando a ponta do meu dedo. Não suporto que me toquem nem tocar alguém, exceto quando se trata de minha irmã, mas havia me atrevido a tocar aquele pobre animal. Eu estava tremendo de repulsa e de piedade, meu dedo sobre o inseto estraçalhado. "Você está com frio?", me perguntou Martín. Martín nunca entendeu nada. Fiz que não com a cabeça, examinei a mancha marrom que ficara na ponta do meu dedo e a comparei com a mancha que havia ficado na folha de papel. "Agora terei muito mais tempo para a gente", estava dizendo minha irmã, que tinha uma tesoura na mão. "Você tem um envelope?", acrescentou, e Martín lhe ofereceu um envelope. Minha irmã cortou uma mecha de cabelo, enfiou-a no envelope, passou a ponta da língua na borda do envelope, fechou o envelope e entregou-o a Martín.

12

Então nossa vida mudou. Martín começou a ficar para dormir na casa, e eu acordava à noite e ouvia o ruído de uma respiração que não conhecia. Ia ao quarto de minha irmã, queria abrir a porta, encontrava-a trancada a chave; mas a respiração intrusa e invasora estava do outro lado da porta; uma pistola carregada dentro de uma caixa-forte. Nossa vida havia mudado; era mais natural. Martín me acordava, preparava o café da manhã, deixava que eu espremesse as laranjas, me levava ao colégio naquele Peugeot tão antiquado que me dava vergonha. "Quem o traz ao colégio?", me perguntou o novo professor. "Meu irmão", respondi. "Seu irmão?", estranhou. Havia lido minha ficha, na qual constava que só tinha uma irmã. "É um irmão secreto; meu pai não quer que se saiba que temos um irmão, mas eu não posso mentir", expliquei ao professor, olhando de esguelha para a classe. Na classe ninguém gostava de mim: quem gostaria de quem lida com fantasmas? Meus velhos amigos não esqueciam o espectro do sofá, o espectro da espreguiçadeira no jardim, não esqueciam que eu vivia na casa entre as ruínas de suas casas, casas que já nem eram ruínas, atiradas ao ar, derrubadas, suplantadas pelos edifícios gigantes; não esqueciam o espectro que acreditavam que era meu pai.

Eu não tinha escapatória. Toda manhã Martín me fazia subir no Peugeot, me levava ao colégio, esperava até me ver entrar no pavilhão das salas de aula. Quando saía de meu quarto, me assustava encontrá-lo no corredor, ou no banheiro, ou na cozinha esquentando o café. Era um ser movediço e mutável, de quem, à noite, não podia recordar o rosto. Se tivesse de fazer seu retrato falado em uma delegacia não seria capaz de fazê-lo. "Usa uma munhequeira de couro preto", diria aos policiais. Aterrorizava-me mais, no entanto, ver a mim mesmo; e assim Martín me distraía: gostava, por exemplo, de vê-lo lavar os pratos, colocá-los no escorredor, enfiar o braço — seus pelos eram louros — na pia da cozinha, na água opaca e sem espuma, para tirar a tampa do ralo. Martín era maníaco por limpeza. Um dia lhe ocorreu sanear e esvaziar a piscina.

Foi no dia em que ouvi a voz de meu pai. Estávamos vendo televisão entre explosões de verrumas e o estrépito de britadeiras. Martín passou a nos obrigar a ver televisão com o volume mais alto. Minha irmã suportava, porque cuidava das unhas enquanto os atores falavam ou folheava uma revista ou tocava em Martín; mas eu, que em tempos mais favoráveis lia em voz alta a enciclopédia marítima, permanecia em silêncio forçado. Fechava os olhos e imaginava o rosto de quem falava na televisão. Quando os abria, o rosto que eu havia inventado resultava ser o que naquele momento Martín exibia. Maldizia-o enquanto minha irmã arranhava sua nuca, sentados os dois cúmplices no sofá do moribundo. Ouvi então o barulho do carro que penetrava no jardim da casa; Martín e minha irmã, melosos e ausentes, não o ouviram ou fingiram não ouvi-lo; alarmaram-se quando a campainha da porta soou.

Martín correu os ferrolhos e enfrentou a voz de meu pai. "Boa-tarde", dizia, alçando a voz sobre o ruído das obras: "Boa-tarde. Não lhe interessaria comprar um Volkswagen?" Uma onda de poeira vinha do lado de fora. Minha irmã estava pálida e impassível como um ser corajoso que espera um veredicto fatal. "É Schuffenecker", informei-lhe. Ela fez um gesto para que me calasse. "Por favor, deixe-o entrar", roguei-lhe. "Já tenho carro", dizia Martín. Martín bateu a porta com força, o carro de Schuffenecker voltou a arrancar. Corri para a janela e vi que era um Volkswagen moderno. "Amanhã limparemos a piscina", disse em seguida Martín. "Seria ótimo", assentiu minha irmã. Dei-me conta de que eu não sentia falta de meu pai; apenas me parecia conveniente que estivesse em seu sofá, ao qual não tinham direito nem Martín nem minha irmã. Martín aumentou o volume da televisão de Schuffenecker: "Não consigo suportar o barulho das obras; você deveria falar com sua mãe para vender essa casa", ele disse a minha irmã. Houve então uma explosão. Acabavam de lançar pelos ares outra casa que havia sido como a nossa.

Ao meio-dia do dia seguinte, Martín colocou minha irmã e eu diante da piscina, frente a uma mesa sobre a qual colocara uma caixa de cartolina em cuja superfície instalara uma máquina fotográfica. Era sábado e o ritmo das obras tinha se multiplicado. As britadeiras derrubavam o que havia sido a travessa Miami. Martín usava óculos de sol dourados com lentes verde-claras; eram óculos apropriados para a limpeza de piscina que também usava para dirigir.

Às vezes eu me via tentado a pedi-los emprestados para saber como as coisas eram vistas através do vidro verde, mas quando via, no assento traseiro do Peugeot, a compacta pasta de couro preto com fivelas prateadas e a pilha de folhas de árvore transparentes encerradas entre vidros perdia a vontade de pedir qualquer coisa a Martín. Mas agora ele deixara os óculos ao lado da máquina fotográfica, estava indo buscar alguma coisa que havia esquecido na casa. Afastei-me da minha irmã, fui e coloquei os óculos. Eram de grau. As coisas eram vistas apequenadas, enviesadas e distantes.

Martín voltou com um dispositivo que acoplou à câmera. Eu acabara de tirar os óculos e de deixá-los junto ao estojo da máquina fotográfica. Martín me disse: "Fique à esquerda de sua irmã." Obedeci. Do braço do guindaste amarelo pendiam quatro vigas de ferro. Como soaria o golpe das vigas contra o solo se elas se soltassem do cabo que as unia ao braço do guindaste? Minha irmã sorria para a câmera, ou para Martín, ou ensimesmada, como quando nos recordamos de uma frase que nos divertira tempos atrás. Martín apertou o disparador da câmera fotográfica, se dirigiu a passos rápidos até minha irmã, parou à sua direita. Distingui, entre os estalidos das obras, um rangido miúdo e prolongado, o arranhar de uma unha na espiral de arame fino de um caderno. Martín usava um disparador automático para tirar uma fotografia da gente. Antes de o disparo da máquina soar pensei no tempo que levaria um corpo para estatelar-se contra o solo se fosse atirado da ponta do braço do guindaste amarelo. Fiz mentalmente o percurso do braço do guindaste até o solo. No momento em que ouvi o clique da máquina fotográfica, o corpo que havia imaginado chocou-se contra o teto da casa de máquinas.

Então começamos a retirar folhas e mais folhas, plásticos, papéis e papelões da piscina. No princípio, pensei que Martín era movido pelo interesse de ficar com as mil folhas que se acumulavam sobre a água plácida. Mas todas elas foram amontoadas para serem levadas pelos lixeiros. Estávamos recolhendo as folhas e Martín ligou o rádio do carro, improvisou uns passos de balé e esfregou os lábios no pescoço de minha irmã. Eles dançaram enquanto eu continuava amontoando folhas e mais folhas e nunca via a água parda ou esverdeada. De que cor ela seria? Arrancávamos o papel pintado de uma parede que fora coberta uma dezena de vezes. Agora Martín e minha irmã dançavam sobre o trampolim: era romântico. Uma britadeira abria um buraco diante do portão de nossa casa.

Quando a água surgiu, nos animamos e aceleramos os trabalhos. Martín disse que ninguém comeria antes que fosse possível abrir as comportas de deságue da piscina. A montanha de folhas crescera; subi nela e pedi a Martín que me fotografasse. Ele disse que não, que primeiro deveríamos terminar a limpeza. As folhas úmidas se infiltravam em meus sapatos de lona, manchavam o tecido branco. Cada folha pesava como um abacaxi lambuzado pelo pó das obras. Não restou nem uma única folha sobre a água, e Martín se empenhou então em tirar uma nova foto da gente. Outra vez nos alinhou diante da piscina, preparou o disparador automático, repetiu cada gesto. Havia menos luz, a montanha de folharada podre entenebrecia as primeiras horas da tarde. Repetíamos os movimentos de uma hora antes, e então senti que toda minha vida era uma repetição, mas cada vez que repetia um movimento o fazia pior, em meio de uma escuridão maior e mais entediada. Meus sapatos de lona branca estavam cheios de lodo, mas, quando o botão da câmera fotográfica pulou, corri para a montanha de folhas e voltei a escalá-la. "Tire uma foto minha, Martín", disse ao homem que abraçava minha irmã. "Depois de comer", respondeu.

Comíamos e a água da piscina se esvaziava. Assistíamos televisão e continuava se esvaziando. A tarde escurecera, mas Martín continuava usando os óculos de lentes verdes. Ligaram os refletores das obras e uma luminosidade nova invadiu a sala. Aproximei-me da janela. A piscina estava quase vazia; dentro da casa, no entanto, nada mudava, salvo as imagens que se sucediam na tela do televisor e que eu via refletidas na janela. "Vem, vem", disse Martín tirando os óculos, que ficaram sobre o sofá. Minha irmã e ele subiram para o andar dos quartos. Então me ajoelhei no sofá, sobre os óculos de Martín, e o vidro quebrou e machucou meu joelho. Levantei-me do sofá, abaixei o volume do televisor até deixá-lo mudo, localizei no rádio música clássica, peguei o fascículo da enciclopédia marítima e li em voz alta o capítulo dedicado aos animais que emitem luzes próprias.

13

Sonhei com meu irmão, embora nunca tenha tido um irmão, e despertei à meia-noite tremendo de medo de desaparecer e da minha própria feiura — meu irmão tinha a mesma cara que eu e eu não podia aparecer no sonho porque não éramos gêmeos e meu rosto já estava sendo usado por outro. Alguém espreitava no jardim, perto do portão, notava-se no ar a presença misteriosa que havia me despertado. Nas noites de sábado, quando apagavam a maioria dos refletores que iluminavam as obras, o quarto ficava escuro. Apertei o interruptor da lâmpada; senti a alfinetada do bulbo nos olhos, apaguei-a de novo caso um estranho ou um inimigo estivesse espiando ou vagando pelo jardim. Não queria assustá-lo, mas surpreendê-lo. Não me enganara. Um carro com as luzes acesas estava parado diante da casa. Um homem apoiava a cabeça no teto claro do automóvel. Sob o resplendor de um foco distante, a sombra era longa e negra, quase invisível na escuridão da noite. Pelas costas reconheci meu tio Adolfo: parecia derrotado, a cabeça apoiada no teto do Renault. Pode ser que tivesse percebido que era observado. Virou-se para a casa. O rosto era um buraco negro, como se estivesse escondido sob um capuz de verdugo. Movi a mão, despedindo-me dos passageiros de um trem ou de um transatlântico. Meu tio me viu? Entrou no carro, pôs o motor em movimento, partiu com os faróis apagados.

Pensei em descer correndo, alcançá-lo, pedir que me levasse com ele, mudasse meu nome e me ensinasse a falar com uma voz nova, como se ensina aos meninos que são criados entre lobos na solidão dos bosques. Mas logo em seguida me arrependi de tais ideias e voltei para a cama. Os lençóis haviam esfriado. Embora não quisesse dormir, adormeci, e outra vez meu irmão me roubou o rosto, e quando despertei, era meio-dia. O silêncio das obras suspensas me inquietava, como se ocupantes de uma sala em desordem tivessem se calado ao notar que havíamos chegado.

Minha irmã e Martín, com botas de borracha vermelha, manipulavam escovas dentro da piscina vazia, varrendo o lodo e os objetos afundados. "Tome o café da manhã e calce as botas que deixei para você no banheiro", me disse Martín. "Você quebrou os meus óculos ontem à noite?", acrescentou. "Esses óculos de mergulho não são meus, nem eu os quebrei", respondi. Minha irmã arrastava um par de óculos de natação com as lentes quebradas. No fundo da piscina, sem que ninguém tivesse se atrevido a roçá-la, estava, misteriosamente intacta, a torta de morangos. "Estou me referindo", especificou Martín, "aos meus óculos de sol." Martín estava irritado. "Seus óculos de sol... Que óculos?", retruquei. E fui buscar as botas, que exibiam o selo violeta dos matadouros e eram tão grandes que podia calçá-las sobre os sapatos. Gostei de beber leite quente enquanto contemplava os pés protegidos pela borracha vermelha das botas.

Havia no fundo da piscina vazia um cubo de zinco, óculos de mergulho, uma torta de morango, uma maleta de couro desconjuntada. Empurrei com a escova a torta até o canto do lodo, a parte mais funda. Martín se sentara na escada niquelada, as pernas no ar como se chapinhassem na água. De seu pescoço, pendia a corrente com o anel de meu pai. Vi a maleta; estava a um metro da lama, aos meus pés. Uma noite eu havia visto meu pai sair da casa com uma maleta, moribundo e cambaleante, e pensei que fugia e nos abandonava ou voltava ao hospital, e depois o vi lançar a maleta na piscina coberta de folhas. Na manhã seguinte, pensei que tivera um pesadelo, e naquele momento, meses depois, o pesadelo continuava. "O que há aqui dentro?", perguntou Martín. "Prefiro que não abra", disse minha irmã, acariciando-lhe uma orelha.

Então Martín pulou na piscina, deu dois ou três tropeções, chegou até a maleta, apoiou-se nela para frear e derrubou-a. "Não abra", repetiu minha irmã, mas as mãos arroxeadas de Martín já futucavam as trancas metálicas oxidadas. No fundo da piscina, sobre as pedras úmidas, se moviam as sombras dos galhos das árvores, caminhos traçados em um mapa irreal e pouco confiável que mudava sem interrupção. Martín revolvia o conteúdo da maleta: cinzeiros com monogramas de hotéis e bares, carteiras jamais usadas, um sutiã com a etiqueta ainda presa, colheres e garfos com iniciais de restaurantes, quatro cigarreiras iguais, canetas-tinteiro e esferográficas, um livro com quadros de Cézanne, peças de louça quebradas. "De quem é este tesouro? Há um cleptomaníaco nesta casa?", perguntava Martín, sem deixar de examinar o que encontrava na maleta. Minha irmã se encaminhou para a casa. Martín fechou a maleta, se endireitou, deu uma patada na torta do senhor Devoto. "Também roubou uma torta", comentou. Os morangos voaram como pedaços de carne crua.

"Você deveria dizer a sua mãe para vender a casa", disse Martín durante a refeição. Minha irmã acabara de tomar banho e expelia nitidez: sua pele não refletia a luz; emitia uma luz própria. "Está sentindo alguma coisa?", perguntou-lhe Martín. "Não", encolheu os ombros fortes e erguidos sob o roupão. Minha irmã olhava o aipo e a alface da pia, restava-lhe no lábio um resto de suco de cenoura. Levantou os olhos e observou Martín como se tivesse compartilhado com ele a infância sob o mesmo teto, e depois tivesse perdido seu rastro durante a juventude, e agora o reencontrava e não podia evitar a suspeita de que ele havia dedicado os últimos anos às mais depravadas tropelias. "Por que não damos hoje mesmo, durante a tarde, uma festa para comemorar a limpeza da piscina?", perguntou Martín. Tinha os lábios reluzentes de azeite. "Seria fantástico", concordou minha irmã. "Temos tempo de chamar as pessoas?" "É claro", respondeu Martín.

Estávamos diante da televisão quando minha irmã disse que ia sair. Pedi que me levasse com ela. "Você vai falar com sua mãe?", perguntou Martín. Havia colocado os óculos para ver televisão e tapava com uma mão o buraco da lente quebrada. "Com um único olho as coisas são vistas sem relevo", comentou, olhando para mim.

Imaginei como eu seria sem relevo e senti uma confusa sensação de enjoo: é o que me acontece quando me imagino morto. "Com que mãe você vai falar?", perguntei a minha irmã. A voz da televisão me impedia de entender direito as coisas que eram ditas, e o silêncio que chegava do exterior, paradas as obras, me produzia um vazio na cabeça — teria agradecido a explosão de uma encosta ou o acionamento das betoneiras. Minha irmã não respondeu. Saiu muito cerimoniosa com um tailleur cinza, como se fosse a uma reunião de negócios ou a um funeral. Aliviou-me ouvir o motor do Opel rugindo através do gasto cano de descarga.

Pela primeira vez em minha vida ficava sozinho com Martín na casa. Isso não me preocupava. Preocupava-me que era a primeira vez que Martín ficava sozinho comigo. Podia prever minhas reações, mas não as reações de um estranho. "Vou ver a piscina vazia", disse-lhe. "Eu o acompanho", ofereceu. Comecei a subir as escadas para ir ao meu quarto. "Você não ia para a piscina?", me perguntou. "Quero pegar meu gorro", respondi. Mas quando cheguei ao andar dos quartos me tranquei no banheiro. Cheirava ao sabonete de minha irmã. Da janelinha vi a piscina vazia, a torta destroçada do senhor Devoto, o cubo de zinco, a máscara de mergulho, as sombras diluídas dos galhos das árvores nas pedras celestes e manchadas do fundo. Fechei os olhos, prendi a respiração debaixo da água. Sabia que se aguentasse contar até noventa meu rosto mudaria ou se apagaria. Tive de abrir os olhos ao alcançar o número 57, respirar para não me asfixiar. Martín bateu na porta. "Vamos à piscina ou não?" Confirmei no espelho que minhas feições não haviam mudado.

Não passamos pela piscina. Fomos no Peugeot ao telefone público do posto de gasolina. Martín queria começar a chamar as pessoas para que aparecessem na minha casa com garrafas e fitas de música. Eu já pensava na avalanche de desconhecidos percorrendo os quartos para me atropelar. "Quem virá?", atrevi-me a perguntar. "Estudantes e colegas do laboratório de botânica", respondeu Martín. A palavra laboratório soou em meus ouvidos como o choque de vidros que são impregnados de sangue para as análises clínicas. "Muito bem", disse. Martín falava ao telefone, discava uma e outra vez. Já notava a angústia de dezenas de indivíduos espalhados pelo jardim, a casa, a casa de máquinas, a garagem. "Sua irmã esteve aqui." No outro lado do vidro estava o mecânico do posto. Será que sabia quem eu era, quem era minha irmã? Apoiava as mãos com restos de graxa na borda do vidro semia-baixado. As mãos cheiravam a gasolina. O homem havia se barbeado depois de dias sem fazê-lo e lhe restavam ilhas de barba mal aparada. Então me recordei da mulher que viajava ao lado de meu pai e dizia: "Você não se barbeou direito." Não me recordava da mulher, mas do penteado da mulher e da frase "você não se barbeou direito". Não me recordava também da voz da mulher, mas compreendi que minha irmã estava agora com ela em uma cafeteria do Centro — eu havia estado nessa cafeteria, localizava a cafeteria na memória, embora fosse incapaz de recordar seu nome —, que falavam em desmantelar a casa e vendê-la. Agora mesmo estariam conversando ou teriam acabado de conversar e a mulher estaria guardando na bolsa as colherezinhas e o recipiente para guardanapos de papel.

14

Martín acendeu os faróis do Peugeot diante da persiana metálica da garagem. A persiana era suja e velha, e as luzes, ao se chocarem contra o metal cinza e negro de graxa, pareciam levantar uma onda de farpas e pó. A luz incidia sobre a persiana e nos forçava a entrefechar os olhos como se estivéssemos ao sol. Mas já era tarde e as luzes da avenida Embaixadores estavam acesas. Eu havia me desorientado depois de termos saído da avenida, embora soubesse que estávamos perto do mercado de atacadistas e dos matadouros, perto da casa de aposentos sem móveis que Martín usava como moradia. "Espere", me disse Martín.

Desceu do Peugeot, e eu tive medo de que começasse a andar, afastando-se e me deixasse no carro com o motor ligado, no escuro; mas só ia abrir um cadeado e levantar a persiana. Conforme a persiana subia eu ia descobrindo o recinto que minha irmã e eu havíamos cruzado depois de sair dos frigoríficos cheios de carne para chegar à escada de caracol que levava ao quarto de Martín.

Martín voltou ao carro e, sem fechar a porta, enfiou-o no pátio interno. "Vamos", ordenou. Segui-o pela escada. Ele subia os degraus de três em três e eu corria para não ficar para trás, sozinho na espessa luz amarela. As sombras eram mais pesadas que os corpos, moviam-se mais lentamente, e então me vi subindo pela primeira vez a escada de caracol com minha irmã. Naquela ocasião, ou a escada era mais larga, ou eu havia crescido, ou os galpões dos matadouros haviam minguado. "Se não nos apressarmos, chegaremos tarde à festa", disse Martín. Atravessávamos aposentos desolados, e Martín despia a japona e a camisa. Premia interruptores que acendiam tubos fluorescentes. Sob a luz branca, Martín se dilatava, parecia mais seguro. Ligou a luminária de seu estúdio. As folhas translúcidas continuavam exibindo suas nervuras desnudas nas prateleiras, corpos gelados sobre mesas de depósito de cadáveres.

"Vou tomar uma ducha", gritou Martín do banheiro. Sentei em uma cadeira. "Sessenta e dois", disse em voz baixa. Contei as folhas envidraçadas que havia no recinto: eram 67. Aproximei-me do banheiro semiaberto. Vi no vidro esmerilado do biombo que protegia a banheira, a silhueta de Martín, uma sombra vaporosa da cor de salmão. Em um passado distante, eu costumava brincar com minha irmã de sombras chinesas. Adivinhávamos a quem nossa sombra imitava sobre o lençol branco. Minha irmã sempre me imitava e eu sempre imitava minha irmã, mas nunca adivinhei quem minha irmã imitava. Ela acabava me revelando, e não creio que tivesse jamais me enganado. Martín imitava o mecânico do posto de gasolina e mentia. "Você estava imitando o mecânico do posto?", perguntei quando entrou se enxugando no quarto. Disse-me que não era muito divertido.

"A festa está começando neste exato momento", disse. Imaginei que seus amigos andavam pelo jardim, dançavam ao som da música que saía do rádio de um carro, quebravam os galhos das árvores, pisavam a grama maltratada e descuidada, cuspiam na piscina. Minha irmã teria voltado? Via copos e garrafas aos pés das espreguiçadeiras e das mesas, no trampolim, todas as lanterninhas acesas em um gasto desnecessário de energia elétrica. E ainda chegavam mais carros, e, antes de começar a dançar, os motoristas reclamavam do estado da calçada e da poeirada das obras. Martín ajustava uma gravata azul-celeste sobre uma camisa da mesma cor. "Como você descoloriu as folhas?", lhe perguntei. Mas fingiu que não me ouvia. "Dê-me o paletó", pediu. Peguei uma esferográfica em cima da mesa e entreguei-a. Olhou-a, achando estanho como se eu tivesse lhe passado um pássaro morto. "Eu pedi o paletó", disse com a esferográfica entre os dentes. Então pegou um paletó azul no cabide e vestiu-o.

Íamos entrar no Peugeot quando me pediu que o esperasse. "Preciso buscar gelo." Perdeu-se atrás da porta hermética da sala frigorífica. Uma fria fosforescência saía do local mal fechado. Quis pensar em Martín e na sombra de Martín através do bosque de animais exangues fincados em ganchos, mas só consegui pensar em um salão de bilhares e máquinas recreativas. Então esvaziei o pneu traseiro direito do Peugeot — não sei por que o fiz, mas de repente me vi desenroscando a tampa da válvula e apertando-a para que o ar escapasse. Da sala frigorífica saía uma nuvem pálida e ligeira como um gás, e gostei de unir o ruído do escapamento de ar do pneu àquele vapor gelado; era juntar duas peças complementares: o branco de uma pedra de dominó ao branco de outra pedra. Ouvi os passos de Martín. Afastei o dedo da válvula, guardei a tampa no bolso. Martín voltava com uma caixa de papelão cheia de bolsas com cubos de gelo.

Colocou o gelo no porta-malas do carro, esfregou os braços, soprou as mãos. "Muito bem, vamos à festa; ah, tenho duas garrafas", disse, e suas pernadas soaram na escada de caracol enquanto eu continuava desinflando o pneu e acontecia uma coisa inexplicável: estava me dando conta de que o Peugeot era exatamente o Peugeot que havia visto nas madrugadas como um mistério. Embora sempre tivesse sabido, no momento em que esvaziava o pneu a certeza era muito maior e aquilo me parecia maravilhoso, um prodígio. Olhava minha cara no vidro da janela e me via dentro do Peugeot, um fantasma, e me tocava com a mão que não esvaziava a roda e confirmava que continuava do lado de fora do carro. E, ao ouvir de novo o galope de Martín, agora escada abaixo, enrosquei a tampa protetora da válvula.

Martín trazia um cigarro aceso nos lábios e nas mãos uma garrafa verde e outra transparente. "Segure", me disse, e peguei as garrafas e achei-as pesadas e frias. Entramos no carro, colocou a chave no contato, abriu a janela para que a fumaça do tabaco saísse. Na etiqueta amarela da garrafa transparente havia uma raposa ou um animal que parecia uma raposa e cravava os olhos nos meus. "Maldito seja", queixou-se

Martín, "um dos pneus está furado". Voltamos a sair do carro. Então reparei que o estofamento era cor de cereja. Combinava bem com a roupa de Martín e o cabelo dele. As ferramentas se entrechocavam, rangiam no silêncio do pátio interno. Ouvia-se a respiração de Martín — será que Martín ouvia a própria respiração? Tirou o paletó, falava consigo mesmo em voz muito baixa, deixou o paletó no teto do carro. Pegou o estepe, afrouxou os grandes parafusos que sustentavam o pneu furado, levantou o carro com o macaco. Tentei girar o estepe. Não consegui sustentá-lo e deixei-o cair com um ruído de metal e borracha. "Fique quieto!", gritou Martín.

Por que se deitara com a cabeça debaixo do carro? Procurava um dos parafusos? Revisava uma engrenagem? Pensava no gelo que se derretia em silêncio? Pegou uma ferramenta e deixou-a sem consideração no chão de cimento. Eu o observava da porta do motorista, quieto, obedecendo a suas instruções. Fitei o interior do carro e vi o chaveiro com o punho dourado pendendo da chave prateada. Não sei por que girei a chave: houve um ruído de motor, o carro se movimentou e desabou sobre o peito de Martín. Martín não disse nada, mas emitiu uma espécie de grunhido. O chaveiro oscilava, preso à chave de contato, como um pêndulo pouco pesado.

Fiquei de joelhos. O chão estava sujo e me arranhava. Olhei debaixo do Peugeot: Martín me fitava com os olhos atônitos, a cabeça inclinada como se o tivessem chamado do armazém-frigorífico. Tinha sangue na camisa e na boca; era da cor do estofamento do carro. O que restava do cigarro havia caído em um de seus ombros e queimava-o.

"Martín, Martín?", eu disse. Acho que mexeu os lábios, embora não tenha ouvido nada. Sabia que a aliança de meu pai pendia de seu pescoço; entretanto, não me atrevi a tirá-la. Peguei o paletó. O bolso era quente como uma cama abandonada há pouco. Na carteira encontrei dinheiro para o ônibus. Peguei a caixa de gelo; não queria chatear os convidados da festa.

15

A caixa de gelo azulava minhas mãos enquanto minha sombra me perseguia pelos becos sem saída que cercavam os galpões dos matadouros. Alguns passos vinham em meu encalço. Eram — percebi quando estavam prestes a me alcançar — meus próprios passos. Tinha vontade de encontrar o ponto de ônibus para me afastar dos armazéns e chegar à festa. Já estariam dançando no jardim? A noite se espessava como uma solução da qual pouco a pouco se evapora o líquido. Descobri a placa do ponto de ônibus e ouvi um rangido na caixa de gelo. O gelo derretia, os cubos caíam uns sobre os outros; de alguma bolsa de plástico rasgada gotejava água gelada. Apoiei a caixa na plataforma do ônibus para pegar o dinheiro e pagar a passagem, e no chão de metal e borracha ficou uma marca retangular de umidade. "Você não tem trocado?", me perguntou o motorista. Eu lhe informei que não tinha. "Está bem, desça", me ordenou. Pedi-lhe que ficasse com o troco, mas que me aproximasse de minha casa. "Passe e guarde o dinheiro, mas não suje o veículo com esse caixote repugnante."

E assim, durante todo o trajeto, sustentei a caixa de gelo nas mãos congeladas e azuis. Elas doíam-me tanto que apertava os dentes e fechava os olhos — era um molusco atravessado por um filamento aceso, uma linha branca no fundo de cada olho. No ônibus só viajava um casal de chineses vestidos com gabardinas pretas; sentei-me na penúltima fila dos bancos e, sustentando sempre a caixa com uma das mãos, fui retirando uma a uma as bolsas de gelo e colocando-as aos meus pés, e quando a água já encharcava o espaço que rodeava meu assento e fluía em direção às costas do condutor, avistei a última parada da avenida Embaixadores, deixei o dinheiro de Martín no lugar em que havia me sentado e, quando o motorista começou a parar, saltei do ônibus abraçando a caixa.

Andei rapidamente. Meus passos me provocavam uma inquietação absurda, como se me surpreendesse de repente em um espelho inesperado. Em um tempo já muito distante, desejei me perder, e andava por ruas e mais ruas espreitando o instante no qual a memória me trairia e me tornaria incapaz de voltar para casa. Havia sempre uma esquina com cartazes de cinema, um cinema, uma farmácia, um homem parado que me apontava a saída do labirinto. A única vez em que consegui me esquecer de onde estava e como havia chegado até ali, apoiado na tela metálica que protegia uma vivenda me preparava para gritar pedindo ajuda, descobri, através das sebes e das árvores, que estava na parte de trás de uma residência que era muito parecida com minha própria casa: via os guarda-sóis, a gangorra, a casa de máquinas, e me parecia estar fitando minha casa, embora tivesse caminhado durante mais de uma hora fugindo dela. Quando gritei, apareceram minha irmã, meu pai e uma mulher que me consolava rogando-me que desse a volta e entrasse na casa. Obedeci. Durante meses pensei que era prisioneiro de seres que eram exatamente iguais aos membros de minha família e viviam em uma casa igual a nossa. Assim era eu então.

Antes de chegar ao posto de gasolina, cruzei com uma mulher que usava luvas de borracha e com um homem que usava luvas pretas. Cruzei com muita gente, inclusive com uma mulher que me olhou fixamente nos olhos como se quisesse me hipnotizar; no entanto, não me lembro com precisão de nenhum rosto nem nenhuma cicatriz. Só me recordo do peso doloroso dos meus pés, que tentavam, em vão, pisar a cabeça de minha sombra; de como não se aquecia jamais a caixa de papelão entre minhas mãos frias; das luvas de borracha laranja e das luvas pretas. Deixei o posto de gasolina para trás e comecei a descida para casa. Diante do edifício Dinamarca, passou na minha frente uma grande motocicleta preta e dourada. O motorista tocou a buzina com estridência ao passar ao meu lado; pareceu-me que quem o acompanhava ria. "Tomara que caiam", pensei. E a moto derrapou na curva dos edifícios Noruega e Finlândia, e saiu da pista arrebentada pelas britadeiras.

Mas no momento em que comecei a ouvir a música, a moto passou de novo diante de mim: seus tripulantes eram convidados da festa. Os carros cercavam a casa e alguns tinham os faróis acesos. O portão estava aberto e havia outros carros no jardim, perto do Opel. A música jorrava potente da caixa de som acoplada ao rádio de um Fiat. As luzes do jardim estavam acesas e as sombras dos dançarinos se alongavam sobre os muros da casa, como mãos diante do cone de luz de um projetor de filme, os dedos entrelaçados para formar figuras estranhas. Junto da esteira de borracha havia um sapato de salto alto caído; no sofá da sala de estar encontrei sentados os dois chineses de gabardinas pretas com os quais havia viajado no ônibus; assistiam televisão, e o aparelho estava sem som. "Não entendemos idioma, não idioma", repetiam, apontando a orquestra que tocava na tela muda; "melhor não som", acrescentaram. Levantaram-se cerimoniosos e me saudaram com uma inclinação de cabeça.

Subi até o quarto da minha irmã: minha irmã pintava os lábios diante do espelho. "É você, Martín?", perguntou quase sem abrir os lábios, e a voz surgiu estranha como a de uma impostora que, ante um cúmplice, deixasse de imitar a voz do indivíduo cuja personalidade usurpara. "Sou eu", lhe disse. Virou-se para mim, olhava-me como se demorasse a me reconhecer. "E Martín?", me interrogou. "Virá", lhe disse, "quando trocar o pneu furado do carro." Tirei do cabide a câmera fotográfica guardada em seu estojo de couro. "O que você está fazendo?", perguntou minha irmã. Nem lhe contestei: sabia que não iria se mover, manejando, do jeito que estava, um pincel e pintando os olhos. Voltei à sala de estar: os chineses continuavam olhando a televisão silenciosa. Coloquei a câmera fotográfica sobre o aparelho, preparei o disparador automático, apertei-o e corri para me sentar ao lado do casal oriental. Os chineses se levantaram em uníssono para me ceder o assento no exato instante em que se abria o obturador da câmera.

Senti-me melhor ao ar livre. Desfrutava a vista dos dançarinos; o ritmo das canções fazia com que me esquecesse de mim mesmo e de meu peso, e me arrastava de um lado a outro como uma correnteza de água.

Passei diante de um homem que acendia um cigarro. A chama do fósforo iluminava seu rosto; com o fósforo ainda aceso, observou-me através da primeira baforada de fumaça, e depois seus olhos me traspassaram, me deixaram para trás, enfocaram a figura de alguém cujos passos esmagavam o cascalho da ladeirinha que levava à garagem. Eu me evaporara? Olhei minhas mãos. Lá estavam elas, sujas e manchadas pela tinta das letras escorridas e manchadas da caixa de gelo. Os pés também continuavam dentro dos sapatos? Haviam desaparecido? Tirei o sapato direito e a meia — o pé direito também não se dissolvera na atmosfera fresca da noite.

Aborreciam-me a motocicleta e os carros com os faróis acesos, a música e as vozes, demasiadamente altas para enfrentar os instrumentos modernos, e, quando a caixa de som se calava, o rumor mutilado e impudico das frases nuas, surpreendidas pela ausência repentina de música, admiradas comigo mesmas. Diante do mutismo insuportável, era o momento que aproveitavam para quebrar copos e taças e esmagar os entulhos com botas de motorista. O tumulto dos que dançavam no fundo da piscina vazia era mais divertido. Os dançarinos giravam, gesticulavam e pulavam com desenvoltura como hábeis escafandristas em águas muito claras. Os faróis e as luzes dos carros multiplicavam as sombras: as paredes celestes e brancas eram lençóis tensos e iluminados atrás dos quais se projetavam as silhuetas escuras de um bando de rapazes sem sono. De quem era a sombra quieta que se estendia, como uma marca fronteiriça, até a escadinha metálica? Levantei um braço e constatei que era minha própria sombra.

Então vi que as luzes vermelhas e brancas de um avião se aproximavam da luz vermelha que resplandecia no alto de um guindaste. Se o avião se chocasse contra o guindaste, pedaços incandescentes cairiam em nosso jardim? O motorista vestido de couro revolvia com um pedaço de tubulação de chumbo a montanha de folhas podres — usava uma máscara antigás. Desci ao fundo da piscina. Os dançarinos se aproximavam da maleta que Martín havia aberto e deixavam uma prenda sobre as toalhas, as carteiras, os talheres, os cinzeiros, os guardanapos e os isqueiros que minha mãe fora roubando durante toda a vida: um brinco, um cinto, um suéter, uma sandália. A maleta que certa noite meu pai atirara nas águas corrompidas transbordava agora com os presentes dos visitantes. Uma mulher que andava nas pontas dos pés me empurrou para os braços de outra mulher que me empurrou para os braços de um sujeito cambaleante sob um chapéu sem aba que, embora sorrisse alardeando dentes destruídos, estava triste como um cão enfermo. Ainda me esperavam os braços da mulher que empunhava a bolsa de plástico transparente: passavam-me de um a outro como se fosse uma bola, e eu fingia rir a gargalhadas. Quando um jovem cavaleiro gordo e disforme de camisa engomada e gravata de nó ajustado e perfeito, com três esferográficas de cores diferentes no bolso superior, entrou no jogo, não aguentei mais: corri para a escada da piscina, perseguido pelas caretas e a bagunça de nossos convidados. Mudo como quem reza, desejei a todos que morressem, e, uma vez a salvo, diante da casa de máquinas, me senti feliz. Estava certo de que meus desejos se realizariam mais cedo ou mais tarde.

Na porta da casa, sob o vestíbulo, minha irmã havia entabulado uma conversa com os chineses de gabardinas pretas. Os três seguravam copos de papel com a elegância de quem sustenta uma taça do cristal mais polido. Consolou-me que minha irmã se distraísse na festa. Entre uma frase e outra, lançava um olhar ao portão, e os chineses a imitavam com cortesia, misteriosos, respeitando o franzimento de sobrancelhas, as preocupações de minha irmã. Aproximei-me dela — apesar de estar levando o copo aos lábios, o copo estava vazio, e vazios estavam os copos dos chineses. A música soava agora no volume mais alto, e piscou pra mim uma mulher elegante que, sentada entre dois carros em uma cadeira do terraço, com um sapato de salto alto tirado e outro posto, bebia diretamente de uma garrafa. "Está tudo bem?", perguntavam os chineses. "Tudo muito bem", dizia minha irmã. Minha irmã esperava perto da porta, e eu esperava perto da minha irmã.

SUMÁRIO

5   1.   *Meu pai não dormia...*

13   2.   *Soube então de imediato...*

21   3.   *Na janela apareceram meus tios...*

31   4.   *Não foi a luz difusa...*

39   5.   *Depois se sucederam dias...*

47   6.   *Continuava milagrosamente vivo...*

55   7.   *Entrei na casa...*

63   8.   *Três dias depois se apresentaram...*

73   9.   *Vi, pela fresta...*

79   10.   *Aos domingos interrompiam...*

87   11.   *Eu gostava da forma que o pé adquiria...*

95   12.   *Então nossa vida mudou...*

103   13.   *Sonhei com meu irmão...*

111   14.   *Martín acendeu os faróis...*

119   15.   *A caixa de gelo azulava...*

Este livro foi composto na tipologia Berkeley Oldstyle Book,
em corpo 13/17,9, e impresso em papel off-white $90g/m^2$
no Sistema Cameron da Divisão Gráfica
da Distribuidora Record.